一首诗，我们就能找回对世界的初恋。

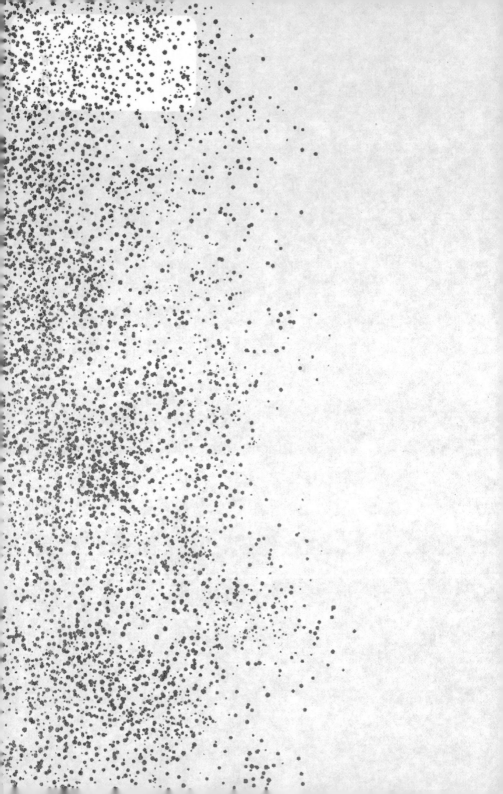

为你读诗

梦华 / 主编

中国华侨出版社
北京

前言

　　有时只需一首诗，我们就能找回对世界的初恋。《为你读诗》这本书希望用聆听、创作、分享的方式，给灵魂片刻自由，让心灵回归柔软与真挚。将诗情画意融入你的日常生活和漫漫人生，让你发现美，感受美，享受美。

　　书中收录的诗歌来自古今中外，它们都有一些共同的特质——对生命智慧的思考、对自我深刻的追寻、对光明与美好的希冀，广阔到家国情怀，细致到琐碎红尘，干净如水，澄明如空，纯净如玉，动容也罢、痴念也罢、顿悟也罢，都是诗人真切的体验，是灵魂深处绽开的花，蕴着暖暖的温情。

　　这里打破了时间和空间的界限，既有享誉世界诗坛的伟大诗人普希金，又有深受读者喜爱的中国诗人戴望舒；既有获得诺贝尔文学奖的东方大诗人泰戈尔，又有家喻户晓的西方大诗人叶芝；既有描写中国古典之美的唐代诗人王维，也有笔尖有温度的现代诗人林徽因……中国古典诗词和现当代诗歌参考历代各大经典版本，逐本溯源，逐字审校，确保文本的精准性、完整性；外国经典诗歌的翻译，优中选优，确保译文的准确性、流畅性、优美性。为了保持作品的原貌，其中有个别用字和当今现代汉语语法不统一的现象，我们都没有做改动。阅读这些小诗是对疲惫心灵的净化，哪怕只是少许，已弥足珍贵。

明亮似夜里的珍珠，温暖像冬日的阳光。让这些隽永的字字句句伴你醒来在每一个诗意的早晨，在时光的涟漪里舞蹈，给浮躁世界安静的力量，让生活慢下来，让心灵快活起来，听听风吹，看看花开。

目 录

目录

目
录

诗 经　**关雎**

关关雎鸠，在河之洲。

窈窕淑女，君子好逑。

参差荇菜，左右流之。

窈窕淑女，寤寐求之。

求之不得，寤寐思服。

悠哉悠哉，辗转反侧。

参差荇菜，左右采之。

窈窕淑女，琴瑟友之。

参差荇菜，左右芼之。

窈窕淑女，钟鼓乐之。

　　孔子在《论语》中说："诗三百，一言以蔽之，曰：思无邪。"《关雎》即是"思无邪"的典型标本。《关雎》所写的爱情，其情感是克制的，行为是谨慎的。这种爱的方式，符合民族的婚恋观念，也符合儒家"以明教化"的目标，因而被编在《诗经》的首篇可谓适得其所。

诗 经　**蒹葭**

蒹葭苍苍，白露为霜。

所谓伊人，在水一方。

溯洄从之，道阻且长。

溯游从之，宛在水中央。

蒹葭萋萋，白露未晞。

所谓伊人，在水之湄。

溯洄从之，道阻且跻。

溯游从之，宛在水中坻。

蒹葭采采，白露未已。

所谓伊人，在水之涘。

溯洄从之，道阻且右。

溯游从之，宛在水中沚。

秋晨淡雾，烟笼寒水，露凝霜结，烟水缥缈中
一位少女隐现迷离，仿佛真的存在，又仿佛只是虚
影。女人柔如水，诗中的水象征了女性的柔与美，
但寒水是否又象征着女性的孤高难求将主人公苦苦
折磨。女子一会儿在水边，一会儿在洲上，一会儿
在水中，如魅影、如游仙，飘忽不定，牵人肠肚。
再配以蒹葭、白露、秋浦，越发让人难以捉摸，变
得神秘、眩惑、难舍，甚至令人痴狂。

我们的爱情总不过如此

［英］莎士比亚
朱生豪 译

她从来不向人诉说她的爱情，

让隐藏在内心中的抑郁像蓓蕾中的蛀虫一样，

侵蚀着她的绯红的脸颊；她因相思而憔悴，

疾病和忧愁折磨着她，

像是墓碑上刻着的"忍耐"的化身，

默坐着向悲哀微笑。这不是真的爱情吗？

我们男人也许更多话，更会发誓，

可是我们所表示的，总多于我们所决心实行的；

不论我们怎样山盟海誓，

我们的爱情总不过如此。

莎士比亚（1564—1616），英国诗人、戏剧家。传说他当过乡村教师、兵士、贵族家仆，来到伦敦后，先在剧院门前为人看马，后逐渐成为剧院杂役、演员并开始剧作生涯。莎士比亚一生创作了37部戏剧，154首十四行诗，2首长诗。17世纪，莎士比亚戏剧传入德、法、意、俄、北欧诸国，然后渐及美国乃至世界各地，对各国戏剧的发展产生了巨大而深远的影响，并成为世界文化发展、交流的重要纽带和灵感源泉。

猛 虎

[英] 布莱克
徐志摩 译

猛虎，猛虎，火焰似的烧红

在深夜的莽丛，

何等神明的巨眼或是手

能擎画你的骇人的雄厚？

在何等遥远的海底还是天顶

烧着你眼火的纯晶？

跨什么翅膀他胆敢飞腾？

凭什么手敢擒住那威棱？

是何等肩腕，是何等神通，

能雕镂你的藏府的系统？

等到你的心开始了活跳，

何等震惊的手，何等震惊的脚？

椎的是什么锤，使的是什么练？

在什么烘炉里熬炼你的脑液？

什么砧座？什么骇异的拿把

胆敢它的凶恶的惊怕擒抓？

当群星放射它们的金芒，

满天上泛滥着它们的泪光，

见到他的工程，他露不露笑容？

造你的不就是那造小羊的神工？

猛虎，猛虎，火焰似的烧红

在深夜的莽丛，

何等神明的巨眼或是手

胆敢擘画你的惊人的雄厚？

　　布莱克（1757—1827），英国第一位重要的浪漫主义诗人、版画家，英国文学史上伟大的诗人。早期作品简洁明快，中后期作品趋向玄妙深沉，充满神秘色彩。他一生中与妻子相依为命，以绘画和雕版的劳酬过着简单平静的创作生活。后来，诗人叶芝等人重编了他的诗集，人们才惊讶于他的虔诚与深刻。

野花歌

［英］布莱克
戴望舒 译

我踯躅在林中，

在青青的树叶间，

我听一朵野花，

唱着清歌一片。

"我睡在尘土中，

在沉寂的夜里，

我低诉我的恐惧，

我就感到了欣喜。

在早晨我前去，

和晨光一般灿烂，

去找我的新快乐；

可是我遭逢了侮谩。"

Love

[英]柯勒律治

徐志摩 译

思想，热情，快乐，

　凡能激动这形骸的，

都（无非）是恋爱的臣属，

　增（助长）她神圣的火焰。

我往往于神魂惝恍

　重新经过那甜美的时间，

其时我偃卧在半山

　一座败塔之边。

月光悄悄地照临，

　已与黄昏的微芒相和，

她是在那边，我的希望，我的欢欣，

　我最挚爱的琴妮薇嫣妩！

她倚住那戎装的人，

　那戎装骑士的石型，

为
你
读
诗

四围是暮霭沉沉，

　　她站着听我的吟。

她原来是无愁与怆，

　　我的希望，我的欢欣，我的琴妮薇嫣妩！

她最爱我当我唱

　　折磨她芳心的歌。

我现出幽柔的神情，

　　唱一支宛转动人的古曲，

那支曲虽然粗伧，

　　却适合那环境，荒凉而残缺。

她含羞地静听，

　　她眼儿低扬，她态儿娇柔，

因为她明知我的双睛

　　总是向她的粉脸庞儿瞧。

我弹唱那骑士的故事，

　　他盾上有火焰的印章，

他整费十年的情思

求爱于一绝世的女郎。

我唱他怎样的忧伤，呀！

　　这深沉，这幽咽，这声诉的音韵！

我虽是唱他人的情史，

　　恰说明了我自己的心。

她含羞地静听，

　　她眼儿低扬，她态儿娇柔；

她不嗔而且心许我

　　痴痴地向她的庞儿瞧。

我讲那女郎的骄矜

　　疯魔了那勇敢的骑士，

他冒险去冲森林，

　　日不休而夜不止；

有时从野人的巢窟，

　　有时从幽暗的树阴，

有时突然崛起

　　于阳光照临的绿荫。

一个美而且都的天神，

　　出现于骑士之前；

但他知道是魔灵，

　　这骑士可怜！

他奋不顾身

　　跳进一杀人的魔群，

救出了那绝色的女郎

　　免受奇辱的暴行。

她于是泣，她于是抱住他的膝，

　　她悉心调护无效果；

她自此感恩竭力

　　向从前激疯他的蔑视偿补；

她侍他病于一山洞，

　　他横卧在焦黄的叶中，

他的疯魔消失，

　　他的生命垂绝。

——他临终的话——但是我正唱及

全曲最动情那一部，

我踯躅的歌声和琴弦的幽咽

　感动了她慈悲的灵府。

所有灵魂和知觉的冲动

　已经贯澈我那纯洁的琴妮薇嫣妩；

这弦声和伤心的歌咏，

　这黄昏馥郁而丰富；

希望，和培生希望的张皇，

　一群希望和张皇，

温柔的愿望久而未偿，

　久矣未偿，久矣酝酿！

她因慈悲而泣，她因欣喜而泣，

　她因恋爱而红晕，她处女羞而红晕，

然后，犹之梦里呢喃，

　我听到她低呼我的名。

她的酥胸跳动——她闪过一边，

　她闪过一边，似乎知道我的睽睽——

然后溜着她娇羞的妙眼，

　　突入我怀而放悲。

她的手款款搂住我，

　　她轻轻地贴着我，

她仰后她的头

　　痴痴地望着我。

几分是恋，几分是怯，

　　几分是娇羞的美术，

我于其看，毋宁熨帖

　　她心窝儿的涨歇；

她经我慰藉而平静，

　　我又与她讲纯洁的爱情，

我得胜了我的琴妮薇嫣妩，

　　我聪明美丽的新人。

　　柯勒律治（1772—1834），英国浪漫派代表人物，诗人和评论家，一生是在贫病交困和鸦片成瘾的阴影下度过的，诗歌作品相对较少。他的诗想象瑰丽，语言华美，富于玄思。

汉乐府　江南可采莲

江南可采莲，莲叶何田田。

鱼戏莲叶间。

鱼戏莲叶东，鱼戏莲叶西，鱼戏莲叶南，

鱼戏莲叶北。

　　在这首看似反复吟唱的乐府诗歌中，其实有着古代民歌朴素明朗的风格，在这片江南的风景中，千年后的读者所能看到的已经不仅是荷叶之美，而且是蕴含、沉淀其中的盎然古意。从这些简单的诗句中仿佛可以看到当时那热闹非凡的场面，在采莲人的船下，那游来游去的自在小鱼，也为后来的读者带来了采莲人当时会心的微笑。

　　这种民歌的最初创作者已经不可考了，其实这并不重要，因为这种民歌大多是民间百姓的无心之作，他们只是将当时大自然的一派活泼生机表达出来，所以，这是可遇而不可求的，不可复制的大自然之音。

登幽州台歌　　　　　　（唐）陈子昂

前不见古人，后不见来者。

念天地之悠悠，独怆然而涕下。

陈子昂（661—702），字伯玉，唐朝文学家、诗人，初唐诗文革新人物之一。因曾任右拾遗，后世称陈拾遗。陈子昂存诗 100 多首，其诗风骨峥嵘，寓意深远，苍劲有力。最有代表性的作品有组诗《感遇》《蓟丘览古》和《登幽州台歌》等。

　　幽州台，即蓟北楼，又名燕台，史传为燕昭王为招揽人才而筑的黄金台。这首诗感慨深沉，语言苍劲奔放，可谓千古绝唱。后人评价陈子昂只此一诗足以令其流芳百世，名传千古。

关山月 　　　　（唐）李白

明月出天山，苍茫云海间。

长风几万里，吹度玉门关。

汉下白登道，胡窥青海湾。

由来征战地，不见有人还。

戍客望边邑，思归多苦颜。

高楼当此夜，叹息未应闲。

李白（701—762），字太白，号青莲居士，中
国古代伟大的诗人，也是唐朝最负盛名的浪漫主义
大诗人，人称"诗仙"。

李白为人洒脱不羁，傲视权贵，他的诗歌也鲜
明地反映了其个性，带有强烈的主观色彩，形式多
变、种类浩繁、想象奇特、气概豪迈、情绪激昂，
开创了唐诗一大高峰。从艺术成就来说，他的乐府、
歌行及绝句成就最高。其歌行完全打破传统诗歌创
作的一切固有模式，空无依傍，笔法多端，达到了
任意随性而变幻莫测、摇曳多姿的神奇境界。其绝
句自然明快，飘逸潇洒，能以简洁明快的语言以表
达无尽情思。贺知章初见即赞其为"谪仙人"，杜
甫写诗称其"笔落惊风雨，诗成泣鬼神"，唐诗的
高峰向来"李、杜（甫）、白（居易）"并称，李
白占其魁首。

　　一轮明月升起在峻伟的天山上，出没于苍茫云海之间。浩荡长风掠过几万里，吹度千古玉门雄关。历史上汉高祖用兵白登山征战匈奴，这里自古就是征战厮杀的地方，几乎看不到有人活着归还。戍边将士眼望着边地的城塞，思念起故乡，愁眉不展。他们家中的妻子在这个夜晚，也一定在闺楼上凭栏远眺，哀叹连连。

将进酒

(唐) 李白

君不见黄河之水天上来，奔流到海不复回。

君不见高堂明镜悲白发，朝如青丝暮成雪。

人生得意须尽欢，莫使金樽空对月。

天生我材必有用，千金散尽还复来。

烹羊宰牛且为乐，会须一饮三百杯。

岑夫子，丹丘生，将进酒，杯莫停。

与君歌一曲，请君为我倾耳听。

钟鼓馔玉何足贵，但愿长醉不愿醒。

古来圣贤皆寂寞，唯有饮者留其名。

陈王昔时宴平乐，斗酒十千恣欢谑。

主人何为言少钱，径须沽取对君酌。

五花马，千金裘，呼儿将出换美酒，与尔同销万古愁。

诗中有对于人生应当及时行乐、放情言欢的强调，也有"天生我材必有用"的自我肯定，以及对于"古来圣贤皆寂寞"的悲愤。这种种情感与愁绪的宣泄都是围绕"酒"字展开的，诗人在酒中找到了解脱苦闷的方法，满腔的激愤也终于在此畅饮时刻得以喷薄而出。从他这种无所节制、恣意纵情的豪饮当中，我们能够深深感受到他内心难以言状的无奈和痛苦，并且为他哀而不伤、悲而能壮的洒脱情怀所打动。

琵琶行

（唐）白居易

元和十年，余左迁九江郡司马。明年秋，送客湓浦口，闻舟中夜弹琵琶者。听其音，铮铮然有京都声。问其人，本长安倡女，尝学琵琶于曹、穆二善才，年长色衰，委身为贾人妇。遂命酒，使快弹数曲。曲罢悯然，自叙少小时欢乐事，今漂沦憔悴，转徙于江湖间。余出官二年，恬然自安，感斯人言，是夕始觉有迁谪意。因为长句，歌以赠之，凡六百一十六言，命曰《琵琶行》。

浔阳江头夜送客，枫叶荻花秋瑟瑟。

主人下马客在船，举酒欲饮无管弦。

醉不成欢惨将别，别时茫茫江浸月。

忽闻水上琵琶声，主人忘归客不发。

寻声暗问弹者谁，琵琶声停欲语迟。

移船相近邀相见，添酒回灯重开宴。

千呼万唤始出来，犹抱琵琶半遮面。

转轴拨弦三两声，未成曲调先有情。

弦弦掩抑声声思，似诉平生不得志。

低眉信手续续弹，说尽心中无限事。

轻拢慢捻抹复挑，初为霓裳后六幺。

大弦嘈嘈如急雨，小弦切切如私语。

嘈嘈切切错杂弹，大珠小珠落玉盘。

间关莺语花底滑，幽咽泉流冰下难。

冰泉冷涩弦凝绝，凝绝不通声渐歇。

别有幽愁暗恨生，此时无声胜有声。

银瓶乍破水浆迸，铁骑突出刀枪鸣。

曲终收拨当心画，四弦一声如裂帛。

东船西舫悄无言，唯见江心秋月白。

沉吟放拨插弦中，整顿衣裳起敛容。

自言本是京城女，家在虾蟆陵下住。

十三学得琵琶成，名属教坊第一部。

曲罢曾教善才服，妆成每被秋娘妒。

五陵年少争缠头，一曲红绡不知数。

钿头银篦击节碎，血色罗裙翻酒污。

今年欢笑复明年，秋月春风等闲度。

弟走从军阿姨死，暮去朝来颜色故。

门前冷落车马稀，老大嫁作商人妇。

商人重利轻别离，前月浮梁买茶去。

去来江口守空船，绕船月明江水寒。

夜深忽梦少年事，梦啼妆泪红阑干。

我闻琵琶已叹息，又闻此语重唧唧。

同是天涯沦落人，相逢何必曾相识。

我从去年辞帝京，谪居卧病浔阳城。

浔阳地僻无音乐，终岁不闻丝竹声。

住近湓江地低湿，黄芦苦竹绕宅生。

其间旦暮闻何物，杜鹃啼血猿哀鸣。

春江花朝秋月夜，往往取酒还独倾。

岂无山歌与村笛，呕哑嘲哳难为听。

今夜闻君琵琶语，如听仙乐耳暂明。

莫辞更坐弹一曲，为君翻作琵琶行。

感我此言良久立，却坐促弦弦转急。

凄凄不似向前声，满座重闻皆掩泣。

座中泣下谁最多，江州司马青衫湿。

　　白居易（772—846），字乐天，晚年号香山居士，又号醉吟先生。白居易是杜甫以后最伟大的现实主义诗人，也是新乐府运动的倡导者，主张"文章合为时而著，歌诗合为事而作"，与元稹合称为"元白"。他创作了很多感叹时世、反映人民疾苦的诗篇，对后世影响甚深。而且他的诗篇吸收民歌营养，语言通俗易懂，被称为"老妪能解"，故而在当时流传广泛，上自宫廷，下至民间，处处皆是，其作品和声名还远播西域和朝鲜半岛、日本列岛，影响甚至超过李白、杜甫。

　　《琵琶行》是白居易谪居浔阳时所作。那一年的秋天，诗人于浔阳江头送别友人，主客正因宴席上缺少管弦相伴而无法畅饮，忽然被一阵从江上传来的琵琶声感动，于是逐音寻去，见到了本诗的女主人公，一位琴艺精湛却已年长色衰的琵琶女。

　　在作者细腻而深刻的笔下，她的情态声貌、举意动容无不透露着伤心人的矜持，她那时而幽婉、时而铿锵、高回低转的琵琶声中寄寓着无限心事，她关于自己身世的叙述，是对辉煌过去的追忆，是浮华过后的凄凉。而这一切听在作者耳中，看在作者眼里，他终于不胜伤感，潸然泪下，发出了"同是天涯沦落人，相逢何必曾相识"的深沉叹息。

　　全诗结构缜密，譬喻精妙，感情深挚；情节波澜起伏，时有绝处逢生之妙，而且诗中流传的千古佳句颇多，真是不朽名篇。

窗外 康白情

窗外的闲月
　　紧恋着窗内蜜也似的相思。
相思都恼了，
　　她还涎着脸儿在墙上相窥。

回头月也恼了，
　　一抽身儿就没了。
月倒没了；
　　相思倒觉着舍不得了。

康白情（1896—1958），字洪章，1916 年考入北京高等师范学校，第二年考入北京大学哲学系，1918 年参加少年中国学会，同年与傅斯年、罗家伦、俞平伯等组织新潮社，创办《新潮》杂志，同时开始新诗创作。1922 年，康白情出版新诗集《草儿》（再版时改名为《草儿在前》），他的新诗题材广泛，倾向以散文笔法写诗，不加修饰而富于激情，具有自然、明快、朴实、纯净的艺术风格。

　　在传统诗歌中，表现月与相思的题材不计其数，
并形成了一种模式：以月起兴，借助月亮寄托诗人
的相思之情。以此为材料，极易受到传统写作手法
的束缚，而诗人却偏在其中寻觅新诗的表现力。

沙扬娜拉

——赠日本女郎　　　徐志摩

最是那一低头的温柔，

像一朵水莲花不胜凉风的娇羞，

道一声珍重，道一声珍重，

那一声珍重里有蜜甜的忧愁——

沙扬娜拉！

徐志摩（1897—1931），浙江省海宁市人，中国现代著名诗人。1924年，泰戈尔访华，诗人作为陪同及翻译与泰戈尔游历各地，并随其一同去了日本。同年，诗人应胡适之邀任北大英文系教授，不久结识京城社交界名流陆小曼（她当时已是一名军人的妻子），两人很快坠入爱河。1926年，二人举行了婚礼。此后诗人一方面继续在大学教书，另一方面和胡适、闻一多等人创立了"新月社"，创办《新月》杂志。1931年1月，诗人主编的《诗刊》创刊。同年11月，因飞机失事英年早逝。这次飞行旅途事务包括看望病中的妻子和赶场听林徽因的讲座。

　　这首小诗韵律和意象都很贴切自然，起句好，结句更有余味。论者常说徐志摩西化，就这首诗来看，却婉转温柔，一声"珍重"三次低回，有小令之感。柔情在这诗里，可说是恰到好处，过此就真的纤弱了。

　　开头一句"最是那一低头的温柔"，表现诗人对日本女郎柔情蜜意的深深眷恋。这位日本女郎在与诗人分别之际，似有不少话想说而又羞于启齿，于是含情脉脉地低头鞠躬。那种欲言又止的举动，表现了日本女性的贤淑、温存与庄重。同是写离别，日本女郎与诗人告别，毕竟不同于中国女子与情人的告别，对作者自是别有一番情趣，所以诗人感慨系之，对此记忆犹新。

再别康桥　　　　徐志摩

轻轻的我走了，
　　正如我轻轻的来；
我轻轻的招手，
　　作别西天的云彩。

那河畔的金柳，
　　是夕阳中的新娘；
波光里的艳影，
　　在我的心头荡漾。

软泥上的青荇，
　　油油的在水底招摇；
在康河的柔波里，
　　我甘心做一条水草！

那榆荫下的一潭，
　　不是清泉，是天上虹

揉碎在浮藻间，

　　沉淀着彩虹似的梦。

寻梦？撑一支长篙，

　　向青草更青处漫溯，

满载一船星辉，

　　在星辉斑斓里放歌。

但我不能放歌，

　　悄悄是别离的笙箫；

夏虫也为我沉默，

　　沉默是今晚的康桥！

悄悄的我走了，

　　正如我悄悄的来；

我挥一挥衣袖，

　　不带走一片云彩。

　　诗的开头就弥漫着一种怀旧的情绪和宁静的氛围。诗人的来和走都是轻轻的，没有任何声响，没有什么烦躁和吵闹；但诗人毕竟要和那华美的云彩告别了，毕竟那段美好的时光已经逝去了。那阳光下柔柔的柳枝，映在轻轻荡漾的波光里，幻出点点的金鳞，照在了诗人的眼中，同样也拨动着诗人的心。当年友人的音容笑貌、爱人的窃窃私语在诗人的眼前浮现，耳畔回响。那清澈的水中，水草绿油油的，在水底摇曳，那清凉和优美都是诗人所羡慕的。

　　然而那段美好的时光不会再现了，昔日的好友也杳无踪影。诗人感到无限惆怅。诗人的怅然情绪也感染了虫子，它们知趣似地沉默着，不再鸣叫。诗人要离去了，悄悄地离去，诗人不想惊动那美丽的场景，那美丽的回忆。

我不知道风是在哪一个方向吹　　　徐志摩

我不知道风

是在哪一个方向吹

——我是在梦中,

甜美是梦里的光辉。

我不知道风

是在哪一个方向吹

——我是在梦中,

她的负心,我的伤悲。

我不知道风

是在哪一个方向吹

——我是在梦中,

在梦的悲哀里心碎!

我不知道风

是在哪一个方向吹

——我是在梦中,

黯淡是梦里的光辉!

　　《我不知道风是在哪一个方向吹》是徐志摩广泛流传的一首诗作，具有十分严整的格律和章法，音调和谐优美，情感真挚婉约，典型地体现了新月派的艺术追求。诗歌的前半部分表现的情感状态是甜美和迷醉，后半部分却是黯淡和心碎，表面上倾吐的是爱情的失意，透露出个人命运的迷惘，也间接地传达出那个时代人们所普遍怀有的彷徨情绪。

离 家　　　　潘漠华

我底衫袖破了

我母亲坐着替我补缀

伊针针引着纱线

却将伊底悲苦也缝了进去

我底头发太散乱了

姊姊说这样出外去不太好看

也要惹人家底讨厌

伊拿了头梳来替我梳理

后来却也将伊底悲苦梳了进去

我们离家上了旅路

走到夕阳傍山红的时候

哥哥说我走得太迟迟了

将要走不尽预定的行程

他伸手牵头我走

但他的悲苦

又从他微微颤跳的手掌心传给了我

现在就是碧草红云的现在啊

离家已有六百多里路

母亲底悲苦，从衣缝里出来

姊姊底悲苦，从头发里出来

哥哥底悲苦，从手掌心里出来

他们结成一个缜密的悲苦的网

将我整个网着在那儿了

潘漠华（1902—1934），浙江宣平人（今属武义县），原名训，又名恺尧，1920年参加文学团体晨光社，1922年与应修人、汪静之、冯雪峰成立湖畔诗社，合作出版了诗集《湖畔》和《春的歌集》。1933年1月，赴张家口参加察哈尔民众抗日同盟军，10月回天津，12月被捕，为抗议残酷的迫害和虐待，1934年12月绝食牺牲于天津狱中。潘漠华的诗歌着重描写家乡的自然风光和劳动人民的淳朴生活，凝聚着浓重的乡土气息，体现了一颗深情眷眷的赤子之心。

潘漠华家境贫寒，据冯雪峰回忆，他幼年时即失去父亲，母亲身体羸弱，姊姊和哥哥也曾遭受人们的歧视和凌辱。可以说，潘漠华的家庭生活是十分不幸的，但是这无妨于家人之间眷挚的亲情，这首诗歌展现了诗人离家之际与母亲、姊姊和哥哥依依不舍相互慰怀的感人情景。诗中没有情感的直接倾吐，而那种深切的情意全在几个细节性的事件中彰显出来。亲人的悲苦，牵系着诗人的心，语调平实，却蕴含着那说不尽的默默愁苦、道不完的款款深情。

望月怀远　　　　　（唐）张九龄

海上生明月，天涯共此时。

情人怨遥夜，竟夕起相思。

灭烛怜光满，披衣觉露滋。

不堪盈手赠，还寝梦佳期。

张九龄（678—740），字子寿，一名博物，谥
文献。唐朝开元年间名相、诗人。唐中宗景龙初年
进士，始调校书郎。玄宗即位，迁右补阙。唐玄宗
开元时历官中书侍郎、同中书门下平章事、中书令，
是唐朝有名的贤相。张九龄举止优雅，风度不凡。
他去世后，唐玄宗对宰相推荐之士，总要问："风度
得如九龄否？"

张九龄的五言古诗，诗风清淡，以素练质朴的
语言，寄托深远的人生慨望，对扫除唐初所沿袭的
六朝绮靡诗风，贡献尤大。

　　这是一首月夜怀人之作，描写明月夜相思的情景，抒写诗人怀念亲友的深情，情深意永，细腻入微，历来被人传诵。需要说明的是，诗中的"相思""佳期"等指怀念人世间常有的感情，不能狭隘地理解为爱情。

　　诗的首联高华浑融，"海上生明月，天涯共此时"为千古佳句，意境雄浑豁达。

　　全诗描写层层深入不紊，语言明快铿锵，意境清新，寄兴深远，细细品味，甚是动人。

春 望　　　　（唐）杜甫

国破山河在，城春草木深。

感时花溅泪，恨别鸟惊心。

烽火连三月，家书抵万金。

白头搔更短，浑欲不胜簪。

　　杜甫（712—770），字子美，自号少陵野老，是
唐朝伟大的现实主义诗人。杜甫半生漂泊，又经
"安史之乱"，深知民间疾苦，其忧国忧民的情怀毕
现于作品之中。青年时代，他亦怀抱大志，与李白
等人交游，诗风较为明快、恣意，中年后则变为沉郁
顿挫，以古体、律诗见长，风格多样，多涉及社会动
荡、政治黑暗和人民疾苦，记录了唐朝由盛转衰的历
史巨变，因此被誉为"诗史"。尤其在律诗上，他表
现出了显著的创造性，积累了关于声律、对仗、炼字
炼句等完整的艺术经验，使这一体裁达到完全成熟的
阶段，后人也因而赞其为"诗圣"。

　　大乱之年，山河依然如故，国家却已是残破不堪，春来，被叛军焚掠后的长安城杂草丛生、乱树幽深，一派凄凉景象。虽然也能见到春花，听到鸟鸣，但这一点美好的东西更是让作者感慨今昔巨变，他因见春花而泪洒花上，闻鸟鸣而动魄惊心。

　　连月不灭的烽火，让家国支离破碎，让人们颠沛流离，家书一封是万金难换的，作者已然因国事而忧恨重重，又因惦念家人安危而寝食难安，陷入了无尽的愁烦与焦急中。焦愁的他不停地搔弄着自己的白发，以至于白发短而又短，连发簪也难以插牢。

闻官军收河南河北　　（唐）杜甫

剑外忽传收蓟北，初闻涕泪满衣裳。

却看妻子愁何在，漫卷诗书喜欲狂。

白日放歌须纵酒，青春作伴好还乡。

即从巴峡穿巫峡，便下襄阳向洛阳。

本诗是诗人寓居梓州时听说官军收复河南河北狂喜而作，诗人通过描写自身的神态、动作和心理，鲜明真切地表达了他无限喜悦兴奋的心情。全诗通篇表现一"喜"字，抒写了诗人忽闻叛乱已平的捷报，急于奔回老家的喜悦情景。

锦 瑟　　　（唐）李商隐

锦瑟无端五十弦，一弦一柱思华年。

庄生晓梦迷蝴蝶，望帝春心托杜鹃。

沧海月明珠有泪，蓝田日暖玉生烟。

此情可待成追忆，只是当时已惘然。

李商隐（813— 858），字义山，号玉溪生、樊南子，晚唐著名诗人。李商隐在"牛李党争"的夹缝中求生存，辗转于各藩镇幕府充当幕僚，终身都郁郁而不得志。晚唐之际，诗风渐颓，是李商隐的出现将其推向了一个新的高峰，其诗构思新颖，想象奇特，形象鲜明，语言优美，风格秾丽，七绝、七律尤为所长。他与杜牧齐名，合称"小李杜"，还和李贺、李白合称为"三李"，与温庭筠合称为"温李"。

　　这首诗是李商隐的代表作，极负盛名，爱诗者无不喜吟乐道；然而，它又是非常难懂的一首诗。对于本诗的主题，自宋元以来，众说纷纭，莫衷一是，有"爱情""悼亡""音乐"等。诗题"锦瑟"，用了起句的头两个字。旧说中有一种观点，认为这是一首咏物诗。但注解家似乎都认为，这首诗与瑟事无关，实是一篇借瑟以隐题的"无题"之作。从诗意来揣摩，认为本诗是诗人自伤身世之作的说法占据主流。

竹里馆　　　（唐）王维

独坐幽篁里，弹琴复长啸。

深林人不知，明月来相照。

　　王维（701—761），字摩诘，祖籍太原，父辈迁居蒲州（今山西省永济市），是唐朝著名的诗人。

　　王维诗画俱佳，也通音律。他在诗歌上的成就很高，无论边塞诗还是山水诗，各类主题皆有佳作，苏轼赞其说："味摩诘之诗，诗中有画，观摩诘之画，画中有诗"。王维中后期诗作多描摹田园景物，再加上诗中浓厚的隐逸思想，上继陶渊明、谢灵运，下开一代风气，与孟浩然并称"王孟"。此外，他本人笃信佛教，诗中也多有反映，后人称其为"诗佛"。

　　诗人描写了在山林弹琴歌啸的闲适生活，表现了清幽宁静、高雅绝俗的境界。整首诗仅二十个字，既有清幽之景又有孤独之情；既有弹琴长啸之声又有深林月光之色；既有独坐之静又有弹啸之动；既有实写（前两句），又有虚写（后两句）。

　　月夜幽林之中，空明澄静，诗人坐在竹林中抚琴长啸，物我两忘，怡然自得。这里，心灵澄静的诗人与明月以及月下的清幽竹林融为了一体，成为自然景色中的一部分。诗人从整体上营造了一种境界、一种艺术美，使本诗产生了别样的艺术魅力，为后人长久地传颂。

她的名字 ［英］哈代

徐志摩 译

在一本诗人的书叶上

我画着她芳名的字形；

她像是光艳的思想的部分，

曾经灵感那歌吟者的欢欣。

如今我又翻着那张书叶，

诗歌里依旧闪耀着光彩，

但她的名字的鲜艳，

却已随着过去的时光消淡！

哈代（1840—1928），英国诗人、小说家。1856 年，哈代离开学校，进入了建筑行业，并于 1862 年去伦敦任建筑绘图员。在此期间，他开始了文学创作。哈代最先的文学创作是诗歌，但后来又改为小说创作。1871 年，他的第一部长篇小说《计出无奈》问世，1874 年，他的第四部小说《远离尘嚣》成了他的代表作。哈代晚年又回到了诗歌创作上，并以出色的诗歌开拓了英国 20 世纪的文学。

别 离

[英]哈代

胡适 译

不见也有不见的好处：

我倒可以见着她，

不怕有谁监着她，

在我脑海的深窈处；

我可以抱着她，亲她的脸；

虽然不见，抵得长相见。

风 车

［比利时］维尔哈伦
戴望舒 译

风车在夕暮的深处很慢地转，

在一片悲哀而忧郁的长天上，

它转啊转，而酒渣色的翅膀，

是无限的悲哀，沉重，又疲倦。

从黎明，它的胳膊，像哀告的臂，

伸直了又垂下去，现在你看看

它们又放下了，那边，在暗空间

和熄灭的自然底整片沉寂里。

冬天苦痛的阳光在村上睡眠，

浮云也疲于它们阴暗的旅行；

沿着收于它们的影子的丛荆，

车辙行行向一个死灭的天边。

在土崖下面，几间桦木的小屋

十分可怜地团团围坐在那里；

一盏铜灯悬挂在天花板底下，

用火光渲染墙壁又渲染窗户。

而在浩漫平芜和朦胧空虚里，

这些很惨苦的破星！它们看定

（用它们破窗的可怜的眼睛）

老风车疲倦地转啊转，又寂寞。

维尔哈伦（1855—1916），比利时著名诗人、剧作家和文艺评论家。1874年进入卢万大学，1881年开始写诗。1883年发表第一部诗集《佛兰芒女人》，这部诗集具有浓厚的佛兰德民歌的乡土气息，语言淳朴，感情真挚。1887—1890年，维尔哈伦相继出版了诗集《黄昏》《瓦解》和《黑色的火炬》。这几本诗集透露着诗人的悲观主义倾向，传达了现代人的精神危机感，有着象征主义的倾向。1891年，维尔哈伦开始接近工人运动，由此将创作的注意力投到劳动人民的身上，诗歌内容转向揭发当时的社会问题和歌颂朴实的民众，诗歌风格也转向现实主义。

　　诗的第一节向读者展现了一幅凄凉忧郁的画面。画面上的一切色彩和姿态，既是诗人心理情感的投射，也是诗人所生活的那个时代的现实景况的映照。诗的第二节写风车绝望地挣扎，更增加了一种悲重的色彩，反映了诗人心中浓郁的悲观情绪。

江 雪 　（唐）柳宗元

千山鸟飞绝，万径人踪灭。

孤舟蓑笠翁，独钓寒江雪。

柳宗元（773—819），字子厚，河东（今山西省永济市）人，唐朝著名文学家、思想家、诗人，古文运动领袖。柳宗元是倡导古文运动的"唐宋八大家"之一，故与其中另一位唐人韩愈并称"韩柳"。

在诗歌方面，他与刘禹锡并称"刘柳"，与王维、孟浩然、韦应物并称"王孟韦柳"。苏轼评价其诗说："所贵乎枯淡者，谓其外枯而中膏，似淡而实美，渊明、子厚之流是也。"把他和陶渊明并论。现存柳诗大多为其贬官至永州后的作品，题材广泛，体裁多样，叙事诗文笔质朴，描写生动，寓言诗形象鲜明，寓意深刻，抒情诗则善于用清新峻爽的文笔，委婉深曲地抒写心情。

　　这首五言绝句，是柳宗元的代表作品之一，约作于谪居永州（今湖南省永州市零陵区）期间。柳宗元被贬永州，政治的失意使他在精神上受到了很大打击。于是，他就借描写山水景物，借歌咏隐居在山水之间的逸士，来寄托自己清高而孤傲的清寂悲凉之情。全诗虽然只有二十个字，但画面感极强，且情景交融，浑然一体。

　　结构清晰、构思巧妙，是本诗的另一个特点。诗的题目为"江雪"，然而诗人落笔处并未点题。他先描写了千山万径的寂静和凄冷。随后，诗人突转笔锋，描写了正在孤船中垂钓的披蓑戴笠的渔翁形象。直至诗的结尾诗人才写出"寒江雪"三个字，正面点破题目。茫茫的天际，白雪覆盖的大地，这种辽远的景象十分吸引人。读到最后，倒过头来再读整首诗，读者心中就不禁生发出一种豁然开阔明亮的感觉。

回乡偶书　　　　（唐）贺知章

少小离家老大回，乡音无改鬓毛衰。

儿童相见不相识，笑问客从何处来？

贺知章（659—744），字季真，唐朝诗人、书法家。他少年时即以诗文著称，八十六岁方告老还乡，旋即逝世。

贺知章为人旷达不羁，有"清谈风流"之誉，晚年尤纵，自号"四明狂客""秘书外监"。他常与张旭、李白等饮酒赋诗，切磋诗艺，时称"饮中八仙"，又与包融、张旭、张若虚并称为"吴中四士"。贺知章的诗文以绝句见长，除祭神乐章、应制诗外，其写景、抒怀之作均风格独特，清新潇洒。《全唐诗》收其诗十九首。

诗人少年离家考取功名时具有远大抱负，雄姿英发，但返乡时却已鬓发斑白，人生暮年。看到故乡物是人非，诗人心头不禁万般慨叹，因此写下本诗，表达了年华易逝、尘世沧桑的慨叹。本诗是难得的感怀佳作。《回乡偶书》中的"偶"字，不仅是说诗人写作本诗的偶然，还吐露出本诗的诗情源于生活、发于内心。

就整首诗来看，前两句还算平淡，后两句，诗人却急转笔锋，另辟新境，写得十分巧妙：虽然抒写哀伤之情，却借助欢乐的场景来展现；虽然是写自己，却通过写儿童来体现。而且，诗中所写的儿童发问的场景又非常富有生活趣味。就算读者不被诗人多年客居他乡、如今年老体衰的感伤所感染，也必定会被这一别有情趣的生活场景所感动。

当你老了

[爱尔兰] 叶芝

海涛 译

当你老了，头发花白，

炉火边打盹，睡意昏沉。

请取下我的这本诗集，

缓缓读起，

仿佛又回到你年轻时的眼神，

深邃而柔美。

多少人曾爱你青春欢畅的时辰，

爱慕你的美丽，假意或真心。

只有一个人爱你圣洁的灵魂，

也不因你容颜的老去而减少毫分。

炉里的火焰明亮闪动，

你轻轻低下头去，带着浅浅的伤感。

为那错过的爱情，喃喃轻语，

此时他正漫步在群山之巅

在那满天凝视你的繁星后面

隐起了脸庞。

　　叶芝（1865—1939），爱尔兰著名诗人，后期象征主义诗人的主要代表。1889 年，诗人出版其第一部诗集《马辛的漫游与其他》。1891 年，诗人来到伦敦，组织"诗人俱乐部""爱尔兰文学会"，宣传爱尔兰文学。1896 年，他和友人一道筹建爱尔兰民族剧院，拉开了爱尔兰文艺复兴的序幕。1899 年，叶芝的诗集《苇丛中的风》获得最佳诗集学院奖。1902 年，爱尔兰民族戏剧协会成立，叶芝任会长。1923 年，叶芝获得诺贝尔文学奖。1932 年，叶芝创立爱尔兰文学院。1938 年，叶芝移居法国，一年后病逝。

　　诗人设想了一个情景：在阴暗的壁炉边，炉火映着已经衰老的情人的苍白的脸，头发花白的情人度着余下的人生。在那样的时刻，诗人让她取下自己的诗，在那样的时间也许情人就会明白，诗人的爱是怎样的真诚、深切。诗人保证，即使情人老了，自己仍然深爱着她。即使她头发花白，即使她老眼昏花，诗人仍然可以为那一个柔和的眼神，给人生最后一点生命带来充实。

发

［法］古尔蒙
戴望舒 译

西茉纳，有个大神秘
在你头发的林里。

你吐着干蕊的香味，你吐着野兽
睡过的石头的香味；
你吐着熟皮的香味，你吐着刚簸过的
小麦的香味；
你吐着木材的香味，你吐着早晨送来的
面包的香味；
你吐着沿荒垣
开着的花的香味；
你吐着黑莓的香味，你吐着被雨洗过的
长春藤的香味；
你吐着黄昏间割下的
灯心草和薇蕨的香味；
你吐着冬青的香味，你吐着藓苔的香味，
你吐着在篱阴中结了种子的

衰黄的野草的香味；

你吐着荨麻如金雀花的香味，

你吐着苜蓿的香味，你吐着牛乳的香味；

你吐着茴香的香味；

你吐着胡桃的香味，你吐着熟透而采下的

果子的香味；

你吐着花繁叶满时的

柳树和菩提树的香味；

你吐着蜜的香味，你吐着徘徊在牧场中的

生命的香味；

你吐着泥土和河的香味；

你吐着爱的香味，你吐着火的香味。

西茉纳，有个大神秘

在你头发的林里。

古尔蒙（1858—1915），法国著名的诗人、小说家、剧作家和评论家，后期象征主义诗坛的领袖人物，生于诺曼底的一个贵族家庭，1883 年进入巴黎国家图书馆工作，1891 年因发表《爱国主义这小摆设》一文被怀疑叛国而被迫辞去图书馆的工作。古尔蒙曾参与创办《法兰西信使》杂志，并且在上面发表了很多知名的文章。古尔蒙创作了诗歌、剧本、评论等多种文学体裁的作品。他的诗风清新，语言优雅，影响广远。

　　这首诗选自古尔蒙诗歌的代表作《西莱纳集》。这首诗有着很特别的结构，"西莱纳，有个大神秘 / 在你头发的林里。"诗的开篇和结尾用了同样的诗句，分别像一个出口和入口，而在这出口和入口之间，则以"你吐着……的香味"这一句式一以贯之，诗人如展览般列举了数十种香味，真可谓芬芳满林，而这一切的香味都是"爱的香味"和"火的香味"。诗人在这份绚烂的赞美中所体现的，正是心中那像火一样热的爱情。

雪

[法] 古尔蒙
戴望舒 译

西茉纳，雪和你的颈一样白，

西茉纳，雪和你的膝一样白。

西茉纳，你的手和雪一样冷，

西茉纳，你的心和雪一样冷。

雪只受火的一吻而消溶，

你的心只受永别的一吻而消溶。

雪含愁在松树的枝上，

你的前额含愁在你栗色的发下。

西茉纳，你的妹妹雪睡在庭中。

西茉纳，你是我的雪和我的爱。

　　本诗选自古尔蒙的《西茉纳集》。在这部诗集中，每一首诗都以对"西茉纳"的最深情的呼唤开篇，诗人通过这种呼唤向所爱的人倾诉自己一片纯洁而炽热的真情。诗人用雪所具有的白与冷的特点，来形容西茉纳的纯洁和冷艳，而诗人的心中则充满了爱怜和由这份爱怜所生出来的痛楚。诗的下面几行继续将雪和西茉纳进行比照，写出了恋人的爱与愁。而诗的结尾，"西茉纳，你的妹妹雪睡在庭中。西茉纳，你是我的雪和我的爱"，有着一种令人的心灵感到震颤的美，也给人带来一种纯洁、宁静、温馨而美妙的情感。

凉州词　　　　　　（唐）王翰

葡萄美酒夜光杯，欲饮琵琶马上催。

醉卧沙场君莫笑，古来征战几人回。

　　王翰，生卒年不详，字子羽，初唐边塞诗人。王翰性格豪爽，无所拘束，杜甫诗中以"李邕求识面，王翰愿卜邻"之句赞之。其诗作多豪放壮丽之句，可惜大半佚失，《全唐诗》仅录其诗十三首。

　　本诗是描绘边塞生活的名曲之一。全诗描写了广袤的边塞来之不易的一次盛宴，勾画出戍边将士尽情畅饮、欢快愉悦的场面，表现了将士们视死如归的英雄气概，也抒发了诗人痛恨战争的愤慨之情。诗人自身的旷达豪迈在本诗中表现得淋漓尽致。凉州词，唐乐府名，是盛唐时流行的一种曲调名。凉州即今甘肃省武威市。

　　诗中征人们所饮的酒，为西域特产的葡萄美酒；所用的杯，是胡人用白玉精制而成，如"光明夜照"般璀璨夺目，因此叫作"夜光杯"；所奏的乐器，是胡人的琵琶；此外"沙场""征战"等词语，都体现出浓厚的地方特色和军营生活的韵味。

枫桥夜泊 　　　　　（唐）张继

月落乌啼霜满天，江枫渔火对愁眠。

姑苏城外寒山寺，夜半钟声到客船。

张继（约 715—约 779），字懿孙，唐朝诗人。他是天宝十二载（753）的进士，大历中，曾以检校祠部员外郎为洪州（今江西省南昌市）盐铁判官，有政声。他与刘长卿、顾况都有交往，诗作爽朗激越，不事雕琢，比兴幽深，事理双切，对后世影响颇大。

　　这是一首记叙诗人夜泊枫桥时所看到的景象和自身感受的诗。一个秋天的夜晚，诗人泊舟苏州城外的枫桥。江南水乡秋夜幽美的景色，吸引着这位怀着旅愁的客子。平凡的桥、平凡的树、平凡的水、平凡的寺、平凡的钟，使他领略到了一种难言的诗意美。经过诗人的再创造，一幅情味隽永的江南水乡夜景图呈现出来，成为流芳千古的名作。霜天凄清，残月朦胧，乌啼悲凉，疏钟远送，游子愁对渔舟，独伴渔火，这些诗中景象渲染了清冷孤寂的气氛，刻画了幽深的意境。诗人运思细密，短短四句诗中包蕴了六景一事。一动一静，一明一暗，江边岸上，景物的搭配与人物的心情达到了高度默契，千百年来脍炙人口。

乌衣巷 　　　　　　　（唐）刘禹锡

朱雀桥边野草花，乌衣巷口夕阳斜。

旧时王谢堂前燕，飞入寻常百姓家。

刘禹锡（772—842），字梦得，唐朝著名诗人、哲学家。唐顺宗继位后，任用王叔文等人，打击宦官势力，展开一系列政治改革，即所谓"永贞革新"，刘禹锡是王叔文集团中的重要成员，因此在革新失败后，即被贬为朗州（今湖南省常德市）司马，同时被贬为司马的还有韩泰、陈谏、柳宗元等八人，与革新领袖王伾、王叔文合称为"二王八司马"。

刘禹锡有"诗豪"之称，他的诗作风格独特，简洁明快，风情俊爽，从各个方面反映了中唐的社会风貌。因为反对宦官擅权、藩镇割据，所以他创作了不少寓言式的政治诗，对权贵进行辛辣的讽刺和无情的批判。此外，他还创作了很多怀古诗，借古讽今，富有深刻的现实意义。

这是一首怀古诗，为《金陵五题》中的第二首，是刘禹锡最得意的怀古名篇之一。

前两句以桥名、巷名为对，妙语天成。朱雀桥横跨在金陵秦淮河上，是由市中心通往乌衣巷的必经之路。朱雀桥同河南岸的乌衣巷，不仅地点相邻，而且都是历史上的名地。从字面上看，朱雀桥又和乌衣巷是天成的工整对仗。第一句中引人注目的是桥边杂生的"野草花"。"草花"之前加上一个"野"字，这就使景色增加了荒凉、偏僻之感。第二句中，诗人描绘"夕阳"又加上了一个"斜"字，突出了日落西山的暗淡情景。繁荣时代的乌衣巷口，应当是车马喧腾、人声鼎沸的；而今，诗人却用一点落日余晖，令乌衣巷全部笼罩在空寂、暗淡、悲凉的气氛之中。诗的后两句，诗人忽然把笔墨转向乌衣巷上空正要回巢的飞燕，让人们顺着燕子飞翔的方向去了解，现在乌衣巷里住的已经是寻常的老百姓了。整首诗含蓄蕴藉，意味深长。诗中意象别具匠心，感慨与议论藏而不言。

诔 词　　［英］马修·阿诺德
徐志摩 译

散上玫瑰花，散上玫瑰花，

　　休搀杂一小枝的水松！

在寂静中她寂静的解化；

　　啊！但愿我亦永终。

她是个稀有的欢欣，人间

　　曾经她喜笑的洗净，

但倦了是她的心，倦了，可怜，

　　这回她安眠了，不再苏醒。

在火热与扰攘的迷阵中

　　旋转旋转着她的一生；

但和平是她灵魂的想望，

　　和平是她的了，如今。

局促在人间，她博大的神魂，

何曾享受呼吸的自由；

今夜，在这静夜，她独自的攀登

那死的插天的高楼。

马修·阿诺德（1822—1888），英国维多利亚时期的著名诗人和评论家，曾求学于牛津大学，后任牛津大学教授，讲授诗歌。阿诺德哀叹当时英国社会的衰弱，猛烈抨击当时盛行的地方主义、功利主义和庸俗风气。1869 年，阿诺德在《文化与无政府状态：政治与社会批评》一书中集中阐述了他的文化观，提出了深有影响的"文化批评理论"。他还提出"以诗歌代替宗教"的主张，企图通过诗歌对人们情操的陶冶和智力的训练来培养一种崇高的精神品格和高尚的理想追求，提倡人类社会寻求和谐与完美的目标和理想。阿诺德广阔的文化视野和深厚的人文关怀，使他的思想在历经一个多世纪后仍然闪耀着熠人的光辉。

歌　　　[英]罗塞蒂

徐志摩 译

我死了的时候，亲爱的，

　　别为我唱悲伤的歌；

我坟上不必安插蔷薇，

　　也无须浓荫的柏树；

让盖着我的青青的草

　　淋着雨，也沾着露珠；

假如你愿意，请记着我，

　　要是你甘心，忘了我。

我再不见地面的青荫，

　　觉不到雨露的甜蜜；

再听不到夜莺的歌喉

　　在黑夜里倾吐悲啼；

在悠久的昏暮中迷惘，

　　阳光不升起，也不消翳；

我也许，也许我记得你，

　　我也许，我也许忘记。

　　罗塞蒂（1830—1894），英国诗人，在题材范围和作品质量方面均为重要的英国的女诗人之一。她的诗歌表现出一种双重的自相矛盾的感情，一方面它们表达感官上的审美情趣，另一方面又含有神秘圣洁的宗教信仰。她的抒情诗平易、纤巧，哀婉动人，富于音乐节奏感，很受读者喜爱。

虞美人 （南唐）李煜

春花秋月何时了，往事知多少？小楼昨夜又东风，故国不堪回首月明中。

雕栏玉砌应犹在，只是朱颜改。问君能有几多愁？恰似一江春水向东流。

　　李煜（937—978），南唐元宗（南唐中主）李璟第六子，初名从嘉，字重光，号钟隐、莲峰居士，南唐最后一位国君。李煜精书法、工绘画、通音律，诗文均有一定造诣，尤以词的成就最高。李煜的词，继承了晚唐以来温庭筠、韦庄等花间派词人的传统，又受李璟、冯延巳等的影响，语言明快、形象生动、用情真挚，风格鲜明，其亡国后词作更是题材广阔，含意深沉，在晚唐及五代词中独树一帜，对后世词坛影响深远。

　　春花秋月本是世间美好的景物，然而李后主却发出了"何时了"的感慨，因为春花秋月会令他想起那风流旖旎的过往。只是时移世变，如今身为臣虏，过往因而变得那样不堪回首。

　　欲思不忍，不思却不能，后主想到了故国的宫殿，想着那雕花的栏杆、白玉的台阶应还在，不禁叹息红润的容颜却已更改。他自问心中到底有多少忧愁，怅然自答："那便似一江春水向东流。"

水调歌头　　　　　（北宋）苏轼

　　明月几时有？把酒问青天。不知天上宫阙，今夕是何年？我欲乘风归去，又恐琼楼玉宇，高处不胜寒。起舞弄清影，何似在人间？

　　转朱阁，低绮户，照无眠。不应有恨，何事长向别时圆？人有悲欢离合，月有阴晴圆缺，此事古难全。但愿人长久，千里共婵娟。

苏轼（1037—1101），字子瞻、和仲，号铁冠道人、东坡居士，世称苏东坡，北宋著名文学家、书法家、画家。苏轼是北宋中期文坛领袖，在诗、词、散文、书、画等方面取得很高成就。文纵横恣肆；诗题材广阔，清新豪健，善用夸张比喻，独具风格，与黄庭坚并称为"苏黄"；词开豪放一派，与辛弃疾同是豪放派代表，并称为"苏辛"；散文著述宏富，豪放自如，与欧阳修并称为"欧苏"，为"唐宋八大家"之一。苏轼善书，为"宋四家"之一；擅长文人画，尤擅墨竹、怪石、枯木等。

这首词作于北宋神宗熙宁九年（1076），当时苏轼在密州任太守。他与弟弟苏辙已是阔别七年，再加上政事上的不顺心，又赶上丙辰年的中秋节，于是对月思人，尽抒情怀，乘醉而歌，写出了这首传颂千古的名篇。南宋胡仔在《苕溪渔隐丛话》中说："中秋词自东坡《水调歌头》一出，余词尽废。"

全词叙述跌宕起伏，情感放纵奔腾，充满浪漫主义情调，风格超旷飘逸，表现诗人开阔洒脱的胸襟和积极达观的品格。全词构思奇特，结构严谨，蕴含深广，通过对虚无缥缈的月宫仙境的幻想，表现了诗人内心的矛盾和迷茫，以及对人生的思考和认识。本词语言如行云流水，理性情趣兼有，是宋词的名作。其中的"人有悲欢离合，月有阴晴圆缺""但愿人长久，千里共婵娟"等句，是流传千古的名词佳句。

念奴娇　　　　　　　　　　　　　　（北宋）苏轼

大江东去，浪淘尽、千古风流人物。故垒西边，人道是、三国周郎赤壁。乱石穿空，惊涛拍岸，卷起千堆雪。江山如画，一时多少豪杰。

遥想公瑾当年，小乔初嫁了，雄姿英发。羽扇纶巾，谈笑间、樯橹灰飞烟灭。故国神游，多情应笑我，早生华发。人生如梦，一樽还酹江月。

　　这首词是苏轼豪放词的杰作，也是整个豪放词派中的扛鼎之作。它写于北宋神宗元丰五年（1082）七月，当时苏轼刚刚因"乌台诗案"被贬，退居黄州。词中，词人挥洒巨笔描绘赤壁古战场雄奇壮丽的景色，表现三国名将周瑜风流儒雅、指挥若定的大将风采，歌颂了祖国大好江山和英雄人物，也抒写了自己政治失意、老大无成的迟暮之悲。

　　全词气象宏阔，笔力遒劲。胡仔在《苕溪渔隐丛话前集》中盛赞此词为"古今绝唱"。

一朵野花

陈梦家

一朵野花在荒原里开了又落了，

不想这小生命，向着太阳发笑，

上帝给他的聪明他自己知道，

他的欢喜，他的诗，在风前轻摇。

一朵野花在荒原里开了又落了，

他看见青天，看不见自己的渺小，

听惯风的温柔，听惯风的怒号，

就连他自己的梦也容易忘掉。

陈梦家（1911—1966），曾使用笔名陈慢哉，现代著名古文字学家、考古学家、诗人。他自幼喜读古诗，尤其是唐诗。1927年，他考入南京国立第四中山大学法律系，开始创作诗歌，并结识了闻一多与徐志摩，以后的创作与生活深受这二人影响。1931年，陈梦家的第一部诗集《梦家诗集》由新月书店出版，同年9月任《诗刊》主编。1934年，其诗集《铁马集》出版。

　　此诗写了一朵野花的自然、自在、自信的纯美，并以优美的笔调歌咏它，同时诗人亦借野花来表述他对于自己的诗歌生命的一种认识与欢欣，其中所蕴含的乐观、昂扬、超脱的生命态度与情趣，具有普遍意义。

鹊桥仙

（北宋）秦观

纤云弄巧，飞星传恨，银汉迢迢暗度。金风玉露一相逢，便胜却人间无数。

柔情似水，佳期如梦，忍顾鹊桥归路！两情若是久长时，又岂在朝朝暮暮。

秦观（1049—1100），字少游，一字太虚，别号邗沟居士，又称淮海居士。被尊为婉约派一代词宗，苏轼曾戏称其为"山抹微云君"。秦观一生坎坷，所写诗词，高古沉重，寄托身世，感人至深。他长于议论，文丽思深，兼有诗、词、文赋和书法多方面的艺术才能，尤以婉约之词驰名于世。

丝丝彩云变幻成各种图案，那是织女巧手织成的云锦；闪亮的流星飞过银河，替牛、织二星传递着离愁别恨。七月初七的夜晚，多情的乌鹊架起长桥，那秋风白露中的一次欢聚，便胜过人间的千次万次。

绵绵温情，似水般柔美；相逢的喜悦，把人带入梦境。只是那成就团圆的鹊桥，转眼间便要成为分离的归路，又让人怎忍回顾！

作者说，两人若是真诚相爱，并不一定要形影不离、相伴朝朝暮暮。

声声慢　　　　　　（宋）李清照

寻寻觅觅，冷冷清清，凄凄惨惨戚戚。乍暖还寒时候，最难将息。三杯两盏淡酒，怎敌他、晚来风急。雁过也，正伤心，却是旧时相识。

满地黄花堆积，憔悴损，如今有谁堪摘？守着窗儿，独自怎生得黑？梧桐更兼细雨，到黄昏、点点滴滴。这次第，怎一个愁字了得？

　　李清照（1084—约 1155），号易安居士，宋代女词人，婉约词派代表。李清照出身书香门第，早期生活优裕，其父李格非藏书甚富，她小时候就在良好的家庭环境中打下文学基础。出嫁后与夫赵明诚共同致力于书画金石的搜集整理。金兵入侵中原时，流落南方，境遇孤苦。所作词，前期多写其悠闲生活，后期多悲叹身世，情调感伤。形式上善用白描手法，自辟途径，语言清丽。论词强调协律，崇尚典雅，提出词"别是一家"之说，反对以作诗文之法作词。能诗，但留存不多，部分篇章感时咏史，情辞慷慨，与其词风不同。

　　"靖康之变"后，李清照经历国破、家亡、夫死，伤于人事。这时期她创作的作品不复当年的清新可人，风格转为沉郁凄婉，主要抒写她对亡夫赵明诚的怀念和自己孤单凄凉的景况。这首词就是通过对秋景的描绘，渲染出一种凄凉伤感的氛围，抒写了词人在漂流境遇中无限伤感、落寞的情怀。

　　前人评价这首词："声声含泪，物物关情；一字一泪，满是悲愁。"非常有见地。词人不直接说愁，这愁情是在含蓄蕴和的表情方法和环境景物的烘托下表现出来的，因而给读者留下了非常广阔的想象空间。

青玉案　元夕　　　　　　　　　　　　　　（南宋）辛弃疾

东风夜放花千树，更吹落、星如雨。宝马雕车香满路。凤箫声动，玉壶光转，一夜鱼龙舞。

蛾儿雪柳黄金缕，笑语盈盈暗香去。众里寻他千百度。蓦然回首，那人却在，灯火阑珊处。

　　辛弃疾(1140－1207)，原字坦夫，后改字幼安，号稼轩，南宋豪放派词人、将领，与苏轼合称"苏辛"。辛弃疾一生以收复中原为志，以功业自许，却命运多舛、壮志难酬。但他始终没有动摇收复中原的信念，而是把满腔激情和对国家兴亡的关切、忧虑，寄寓于词作之中。其词艺术风格多样，以豪放为主，风格沉雄豪迈又不乏细腻柔媚之处。现存词六百多首，有词集《稼轩长短句》等传世。

　　本篇为元宵节记景之作。上片以生花妙笔描绘渲染元宵佳节火树银花、灯月交辉的欢腾热闹的风光。"东风夜放花千树"写元宵夜的灯光，以花喻灯，表明灯的灿烂多姿。"更吹落、星如雨"写焰火，烟花一明一灭，参差起落，洒落如星。"宝马雕车"写车马华美，"香满路"表明游人之多。"凤箫声动，玉壶光转，一夜鱼龙舞"，写的是彻夜欢腾的热闹场面。

　　下片着意描写主人公在游人中千百回寻觅一位立于灯火零落处自甘寂寞的孤高女子，表现了词人追求的境界之高，寓有深意。"蛾儿雪柳黄金缕，笑语盈盈暗香去"承接上片，继续描写元夜的盛况，但已转移到盛装出游的游女们身上。可在这些丽人中间却没有词人的意中人，"众里寻他千百度"极言寻觅之苦，失望之情跃然纸上。在这几近绝望的一刻，"蓦然回首"，忽然发现"那人却在，灯火阑珊处"。辛弃疾的词素以豪放著称于世，其实他的婉约词亦是曼妙无比，这首词即是最好的证明。

天净沙　秋思　　　　（元）马致远

枯藤老树昏鸦，小桥流水人家。

古道西风瘦马。

夕阳西下，断肠人在天涯。

　　马致远（约 1251 — 约 1321），字千里，晚号东篱，
元朝著名戏曲家、杂剧家，被后人誉为"马神仙"，
还有"曲状元"之称，与关汉卿、郑光祖、白朴并
称为"元曲四大家"，作品《天净沙·秋思》被称
为秋思之祖。马致远与关汉卿、白朴相近而稍晚，
青年时期仕途坎坷，晚年不满时政，隐居田园，以
衔杯击缶自娱。

　　一边是"枯藤老树昏鸦"的凄凉景色，一边是"小桥流水人家"的温煦氛围，而当骑在瘦马上的游子从荒郊古道上憔悴而来，两种景物分别代表的眼下境况与思归情绪便已分明。境遇如此凄凉，归心更加强烈，夕阳西下时，游子肠断，独立天涯……

为你瘦诗

木兰花令

（清）纳兰性德

拟古决绝词柬友

　　人生若只如初见，何事秋风悲画扇。等闲变却故人心，却道故心人易变。

　　骊山语罢清宵半，泪雨霖铃终不怨。何如薄幸锦衣郎，比翼连枝当日愿。

　　纳兰性德（1655—1685），叶赫那拉氏，字容若，号楞伽山人，满洲正黄旗人，清朝初年词人，原名纳兰成德，一度因避讳太子保成而改名纳兰性德。纳兰性德自幼饱读诗书，文武兼修。纳兰性德曾拜徐乾学为师，曾主持编纂了一部儒学汇编——《通志堂经解》，深受康熙皇帝赏识，授一等侍卫衔，多次随驾出巡。纳兰性德的词以"真"取胜，写景逼真传神，词风"清丽婉约，哀感顽艳，格高韵远，独具特色"。著有《通志堂集》《侧帽集》《饮水词》等。

　　初见惊艳，再见依然。这也许只是一种美好的愿望。蓦然回首，曾经沧海。只怕早已换了人间。

　　人生若只如初见，所有往事都化为红尘一笑，只留下初见时的惊艳、倾情。忘却也许有过的背叛、伤怀、无奈和悲痛。这是何等美妙的人生境界。

　　正如，君子之交淡如水。正如，相濡以沫，不如相忘于江湖。正如，有情不必终老，暗香浮动恰好，无情未必就是决绝，"我"只要你记着：初见时彼此的微笑……

梦的海　　　[俄] 丘赫尔别凯

魏荒弩 译

我熟识大海，白茫茫一片汪洋，

无边的烟雾笼罩在水面上。

光辉灿烂的盾牌静止不动；

一颗惨白的小星幽幽闪着微光。

即使海洋是无边无际，

勇敢的航海家也无所畏惧；

悠闲的闪耀，神秘的絮语，

愉快的溅泼，将我引进海里。

独自沉浸在海水里，我默不作声，

当午夜潮水涌来的时候，

波浪轻轻地抚摩我的心胸，

把宁静注入我病痛的心头。

我忽然觉得岸上多么熟稔！

我观望，然后走进一个迷人的家门：

一张张亲切的脸儿，从窗口向我张望，

问候的话儿，听着叫人舒心。

我见到的，是不是那些心爱的朋友，

我过去生活中的伙伴们？

他们全在这儿啊！无论是命运、

人和地心，都不曾留住他们！

生动的谈话依旧滔滔不绝；

友谊的眼神仍然闪闪发光……

在天堂星辰的灵光照耀下

忘记了别离，忘记了灾殃。

可是啊！黎明前出现了退潮——

我听到的便不是愉快的号召……

一切都烟消云散——在沉寂的荒漠，

白昼的闪光在我身上照耀。

丘赫尔别凯（1797—1846），俄国诗人，十二月党人中的激进派，起义失败后死于流放地西伯利亚。他在流放中写有《雷列耶夫的魂影》《怀念格里鲍耶陀夫》等诗。晚期作品带有孤独悲观的色彩。

自由颂

［俄］普希金
魏荒弩 译

去吧，快躲开我的眼睛，

你西色拉岛娇弱的皇后！

你在哪里呀，劈向沙皇的雷霆，

你高傲的自由的歌手？

来吧，揪下我头上的桂冠，

把这娇柔无力的竖琴砸烂……

我要向世人歌颂自由，

我要抨击宝座的罪愆。

请给我指出那个高尚的

高卢人的尊贵的足迹，

是你在光荣的灾难中

鼓励他唱出勇敢的赞美诗句。

战栗吧，世间的暴君！

轻佻命运的养子们！

而你们，倒下的奴隶！

听啊，振奋起来，去抗争！

唉！无论我向哪里去看，

到处是皮鞭，到处是锁链，

法律蒙受致命的羞辱，

奴隶软弱的泪水涟涟；

到处是非正义的权力，

在偏见的浓密的黑暗中

登上高位——这奴役的可怕天才，

和光荣的致命的热情。

要想看到沙皇的头上

没有人民苦难的阴影，

只有当强大的法律与

神圣的自由牢结在一起，

只有当它的坚盾伸向一切人，

只有当它的利剑，被公民

忠实可靠的手所掌握，

一视同仁地掠过平等的头顶，

只有当正义的手一挥，

把罪恶从高位打倒在地；

而那只手，决不因为薄于贪婪

或者恐惧，而有所姑息。

统治者们！不是自然，是法律

把王冠和王位给了你们，

你们虽然高居于人民之上，

但永恒的法律却高过你们。

灾难啊，整个民族的灾难，

若是法律沉沉睡去，而不警惕，

若是只有人民，或帝王

才有支配法律的权力！

啊，光荣的过错的殉难者，

如今我请你来作证，

在不久前的喧闹的风暴里，

你帝王的头为祖先而牺牲。

当着沉默无言的后代，

路易高高升起走向死亡，

他把失去了皇冠的头，垂在

背信的血腥的断头台上。

法律沉默了——人民沉默了，

罪恶的刑斧降落了……

于是，这个恶徒的紫袍

覆在戴枷锁的高卢人身上。

你这独断专行的恶魔！
我憎恨你和你的宝座！
我带着残忍的喜悦看见
你的死亡和你儿女的覆没。
人们将会在你的额角
读到人民咒骂的印记，
你是人间的灾祸、自然的羞愧，
你是世上对神的责备。
当午夜晴空里的星星
在阴暗的涅瓦河上闪烁，
当宁静的梦，沉重地压在
那无忧无虑的前额
沉思的诗人却在凝视着
那暴君的荒凉的丰碑，
和久已废弃了的宫阙
在雾霭中狰狞地沉睡——

他还在这可怕的宫墙后
听见克利俄骇人的宣判，

卡里古拉的临终时刻

生动地出现在他的眼前，

他还看见，走来一些诡秘的杀人犯，

他们身佩着绶带和勋章，

被酒和愤恨灌得醉醺醺，

满脸骄横，心里却一片恐慌。

不忠实的岗哨默不做声，

吊桥被悄悄地放下来，

在黝黑的夜里，两扇大门

已被收买的叛逆的手打开……

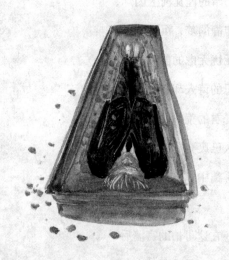

啊，可耻！我们时代的惨祸！

闯进了一群野兽，土耳其的雄兵！……

不光荣的袭击已经败落……

戴王冠的恶徒死于非命。

啊，帝王们，如今你们要记取教训，

无论是奖赏，还是严惩，

无论是监狱，还是祭坛，

都不是你们牢固的栅栏，

在法律的可靠的荫庇下，

你们首先要把自己的头低下，

只有人民的自由和安宁，

才是宝座的永恒的卫兵。

普希金（1799—1837），"俄罗斯文学之父"，俄罗斯现实主义文学的奠基人。出生于一个贵族家庭。1811 年进入贵族子弟学校学习，因写诗反对暴君的统治，于 1820 年被流放到南俄，期间他同当时反对沙皇的十二月党人联系密切。1824 年，诗人因与南俄的总督发生冲突，被放逐到其父亲的领地，不准参加社会活动。1831 年，诗人和 19 岁的娜·尼·冈察洛娃结婚，随后迁居圣彼得堡，但家庭生活并不愉快。1837 年，因法国公使馆的丹特士男爵调戏诗人的妻子，诗人决定和他决斗，在 2 月 8 日的决斗中，诗人被子弹击中心脏，两天后去世。

　　《自由颂》是普希金最著名的政治抒情诗，诗人在世的时候即以手抄本的形式流传，当时的沙皇政府在得到此诗的手抄本后，以此为主要罪证将普希金流放到南方。作为俄国浪漫主义文学的代表和现实主义文学的奠基人，普希金的诗歌个性非常鲜明，充满着不羁的自由斗争精神。从艺术上来讲，普希金的诗歌从俄国民间文学中吸取了大量的营养，语言优美，想象丰富奇丽，思想深刻，气质忧郁、高贵典雅而不失其犀利和热烈的内心激情，对俄国后来诗歌艺术的发展起到了非常重要的作用。如果说普希金其他的政治抒情诗还多用象征和隐喻，则这首《自由颂》则显得非常直白，这首诗歌在语言和意味上具有古典诗歌的意蕴，同时，又有着浓郁的民歌的味道，所以说，语言艺术上的民族性，也是这首诗成功并被广泛流传的关键所在。

夜 莺

［俄］普希金
戴望舒 译

春天里，当安静的公园披上了夜网，

东方的夜莺徒然向玫瑰花歌唱：

玫瑰花没有答复，几小时的夜沉沉，

爱的颂歌不能把花后惊醒。

你的歌，诗人啊，也这样徒然地歌唱，

不能在冷冰冰的美人心里唤起欢乐哀伤，

她的绚丽震惊你，你的心充满了惊奇，

可是，她的心依然寒冷没有生机。

第一次的茉莉

［印度］泰戈尔

郑振铎 译

呵，这些茉莉花，这些白的茉莉花！

我仿佛记得我第一次双手满捧着这些茉莉花，这些白的茉莉花的时候。

我喜爱那日光，那天空，那绿色的大地；

我听见那河水淙淙的流声，在黑漆的午夜里传过来；

秋天的夕阳，在荒原上大路转角处迎我，如新妇揭起她的面纱迎接她的爱人。

但我想起孩提时第一次捧在手里的白茉莉，心里充满着甜蜜的回忆。

我生平有过许多快活的日子。在节日宴会的晚上，我曾跟着说笑话的人大笑。

在灰暗的雨天的早晨，我吟哦过许多飘逸的诗篇。

我颈上戴过爱人手织的醉花的花圈，作为晚装。

但我想起孩提时第一次捧在手里的白茉莉，心里充满着甜蜜的回忆。

泰戈尔（1861—1941），印度现代著名诗人、文学家。生于印度加尔各答市的一个富裕家庭。自幼天资过人，14 岁时就开始发表诗歌，16 岁时其第一篇小说面世。1878 年，诗人发表第一首长诗，同年去英国留学，两年后回到家乡，协助父亲从事社会活动，同时创作了大量具有浪漫主义风格的爱国诗歌，出版诗集达十几部。1905 年后，诗人积极参加印度民族独立解放运动，同时坚持诗歌写作。1912—1913 年，诗人出版英文诗集《吉檀迦利》《新月集》等，受到世界的关注，于 1913 年获得诺贝尔文学奖。在随后的岁月中，诗人一边创作诗歌，一边在世界各地漫游讲学，1924 年曾来到中国。1941 年，诗人安详地离开了人间。

　　泰戈尔的诗充满着东方的宁静、深远、优雅和神秘的美。诗人看着眼前的茉莉花，回想起了自己第一次手捧着茉莉花的幸福情景，这种幸福的回忆与眼前的许多美好情景交织在一起，共同构造出一幅清新淡雅、香韵迷人的画面。第一次手捧白茉莉给诗人留下了最深刻的美好回忆，也可以理解为，诗人在这里将一切美好的东西都看成是白茉莉的化身了。

云与波

[印度] 泰戈尔

郑振铎 译

妈妈，住在云端的人对我唤道——

"我们从醒的时候游戏到白日终止。

我们与黄金色的曙光游戏，

我们与银白色的月亮游戏。"

我问道："但是，我怎么能够上你那里去呢？"

他们答道："你到地球的边上来，

举手向天，就可以被接到云端里来了。"

"我妈妈在家里等我呢，"

我说，"我怎么能离开她而来呢？"

于是他们微笑着浮游而去。

但是我知道一件比这个更好的游戏，

妈妈。我做云，你做月亮。

我用两只手遮盖你，

我们的屋顶就是青碧的天空。

住在波浪上的人对我唤道——

"我们从早晨唱歌到晚上；

我们前进又前进地旅行，

也不知我们所经过的是什么地方。"

我问道："但是，我怎么能加入你们队伍里去呢？"

他们告诉我说："来到岸旁，站在那里，

紧闭你的两眼，你就被带到波浪上来了。"

我说："傍晚的时候，我妈妈常要我在家里

——我怎么能离开她而去呢！"

于是他们微笑着，跳舞着奔流过去。

但是我知道一件比这个更好的游戏。

我是波浪，你是陌生的岸。

我奔流而进，进，进，

笑哈哈地撞碎在你的膝上。

世界上就没有一个人会知道我们俩在什么地方。

非心智明澈的人是不能写出这样的文字来的。

母亲与孩子之间的感情是文学作品经久不衰的主题，在诗人的笔端，当然更不少见。泰戈尔的这首诗却是别致的，在这首诗里，世界对孩子充满美丽的召唤和诱惑，这个幼小纯洁的心灵向往着云端和波浪，但是却因为妈妈在家里等，而放弃了这些念头。云朵与月亮、海浪与岸，都是诗人对母与子的关系的一种比喻，但是这个比喻却藏得很深，并且非常巧妙地融进了一个孩子的想象世界里，也契合儿童的特性。

榕 树

［印度］泰戈尔
郑振铎 译

喂，你站在池边的蓬头的榕树，你可会忘记那小小的孩子，

就像那在你的枝上筑巢又离开了你的鸟儿似的孩子？

你不记得他是怎样坐在窗内，

诧异地望着你深入地下的纠缠的树根么？

妇人们常到池边，汲了满罐的水去，

你的大黑影便在水面上摇动，好像睡着的人挣扎着要醒来似的。

日光在微波上跳舞，好像不停不息的小梭在织着金色的花毡。

两只鸭子挨着芦苇，在芦苇影子上游来游去，

孩子静静地坐在那里想着。

他想做风，吹过你的萧萧的枝杈；

想做你的影子，在水面上，随了日光而俱长；

想做一只鸟儿，栖息在你的最高枝上；

还想做那两只鸭，在芦苇与阴影中间游来游去。

诗歌中有两个主要角色：一个是由"你"代指的榕树，另一个是由"他"代指的孩子。诗人采用向榕树问话的方式来开篇，表述了孩子对于榕树的亲近和遐想，这里，榕树成为母亲的象征。诗中接下来描绘了三幅生活画面——妇人们汲水，日光在水面上"跳舞"，两只鸭子在芦苇间游荡，而孩子坐在那里思考，这为下面的叙说做了铺垫。孩子在想着，做风，做榕树的影子，做一只鸟儿，做那两只鸭，这样可以与榕树形影不离。诗歌通过这样天真的思想来表现孩子对母亲眷恋不舍之情，歌颂了浓郁的亲子之爱。

消失的酒　　〔法〕保尔·瓦雷里
　　　　　　　　　　戴望舒 译

有一天，我在大海中，

（我忘了在天的何方）

洒了一点美酒佳酿，

作奠祭虚无的清供……

美酒啊，谁愿你消亡？

我或许听了战士说？

或许顺我心的挂虑，

心想血液，手酹酒浆？

大海平素的清澄

起了蔷薇色的烟尘

又恢复了它的纯净……

美酒的消失，波波酩酊！……

我看见苦涩的风中

奔腾着最深的姿容……

保尔·瓦雷里（1871—1945），法国象征派诗人，法兰西学院院士。他的诗耽于哲理，倾向于内心真实，追求形式的完美。著作有《旧诗稿》（1890—1900）、《年轻的命运女神》（1917）、《幻美集》（1922）等。

回旋舞

［法］保尔·福尔

戴望舒 译

假如全世界的少女都肯携起手来，她们可以在大海周围跳一个回旋舞。

假如全世界的男孩都肯做水手，他们可以用他们的船在水上造成一座美丽的桥。

那时人们便可以绕着全世界跳一个回旋舞，假如全世界的男女孩都肯携起手来。

保尔·福尔（1872-1960），法国诗人，被称为"象征派诗王"。他在 1905—1914 年这十年间主编《诗与散文》之前，主要是一个剧场老板、剧作家、象征主义演剧运动者。1912 年，他获得了"诗王"的光荣称号。保尔·福尔数十年如一日不懈地写作"巴拉德"（Ballades，民歌形式的短歌），这是他毕生创作诗歌的固定形式。他的诗歌作品以纯真自然、清新朴质见称，青年男女的纯真爱情、大自然在感情上的启发和震动，是他作品的中心内容。戴望舒称他为"法国后期象征派中的最淳朴、最光耀、最富于诗情的诗人"。

秋晚的江上 刘大白

归巢的鸟儿，

尽管是倦了，

还驮着斜阳回去。

双翅一翻，

把斜阳掉在江上；

头白的芦苇，

也妆成一瞬的红颜了。

刘大白（1880—1932），现代著名诗人、文学史家。原名金庆棪，字伯贞。后改姓刘，名靖裔，字大白，别号白屋。五四运动前就开始写白话诗，是新诗的倡导者之一。他的诗中以描写民众疾苦之作影响最大，并以触及重大的社会课题和鲜明的乡土色彩，在"五四"时期的诗坛上别具一格。

是谁把

是谁把心里相思，

种成红豆？

待我来碾豆成尘，

看还有相思没有？

是谁把空中明月，

捻得如钩？

待我来抟钩作镜，

看永久团圆能否？

邮　吻　　　　　　　　刘大白

我不是不能用指头儿撕，

我不是不能用剪刀儿剖，

只是缓缓地

　　　轻轻地

很仔细地挑开了紫色的信唇；

我知道这信唇里面，

藏着她秘密的一吻。

从她底很郑重的折叠里，

我把那粉红色的信笺，

很郑重地展开了。

我把她很郑重地写的

一字字一行行，

一行行一字字地

很郑重地读了。

我不是爱那一角模糊的邮印，

我不是爱那幅精致的花纹，

只是缓缓地

　　　轻轻地

很仔细地揭起那绿色的邮花；

我知道这邮花背后，

藏着她秘密的一吻。

在"五四"时期的新诗中，写爱情的诗占有很大的比重，这与新文化运动反礼教、反封建的大背景密切相关。

由于受新思潮的影响，当时的情诗大多表现得直率、坦诚，较少含蓄。一方面固然是为了冲破旧礼教的束缚，与旧体诗分庭抗礼；另一方面，在诗艺上也就带着初期新诗粗疏、浅白的特点。这首诗当然也不例外，正如刘大白自己说的那样，他的诗"用笔太重，爱说尽，少含蓄"。不过，含蓄也并不一定是诗的唯一尺度，直率有直率的美，尤其是在那个崇尚直率的时代。20 世纪 20 年代的诗人刘半农、康白情所写的诗都有此种特点。

这首诗的优点在于细腻、传神地表达诗人微妙的心理悸动，呈现出一种直率之美。

这首诗选择信笺作为歌咏的信物，而信笺是作为传递信息的媒介和爱情的信物贯穿全诗的。这首诗并没有直接抒写那些甜蜜的窃窃私语，也没有描写见信而起的思念，而是采用侧面描写的手法，不写信的内容，将其留给读者去想象。

关不住了

[美] 蒂丝黛尔
胡适 译

我说"我把心收起，
像人家把门关了，
叫爱情生生的饿死，
也许不再和我为难了。"

但是五月的湿风，
时时从屋顶上吹来；
还有那街心的琴调
一阵阵的飞来。

一屋里都是太阳光，
这时候"爱情"有点醉了，
他说，"我是关不住的，我要把你的心打碎了！"

蒂丝黛尔（1884-1933），美国女诗人。1907
年出版第一本诗集《给杜斯的十四行诗及其它》，
之后陆续出版了《奔流入海的河流》《恋歌》《火
焰与阴影》《月亮的黑暗面》和《奇异的胜利》等
诗集。1918年，《恋歌》为她赢得美国诗协会年度
诗人奖，以及哥伦比亚大学诗协会奖。

弥拉贝尔的音乐

［奥地利］特拉克尔
钱鸿嘉 译

水井歌唱，流云逗留

明净的蔚蓝中洁白且温柔；

黄昏蓝色的花园里

闲人在寂静中行走。

祖先的大理石已经灰白

飞鸟向着远方漫游。

山羊神用死去的眼睛

观望飘入黑暗中的幽灵。

老树飘撒落叶

打着转滑入敞开的窗户，

阴暗的火苗映红了小屋，

鬼影憧憧。

走进房间的白色的陌生人。

一只狗跑过塌弃的大门。

耳中倾听着夜间奏鸣曲的幽鸣，

少女熄灭了一盏灯。

特拉克尔（1887—1914），奥地利诗人，生于萨尔茨堡的一个五金商人家庭。少年时的特拉克尔陷入了与妹妹不正常的爱情关系中，这种情感的阴影困扰了特拉克尔的一生。18 岁的时候，特拉克尔开始吸毒，这在精神与身体两方面都对他产生了巨大的负面影响。特拉克尔 17 岁时开始写诗，1913 年出版了他的第一部诗集。1915 年，特拉克尔的第二部诗集出版，但这个时候他已经不在人世了。特拉克尔是早期表现主义的代表诗人，生前遭受世界的冷遇，却哀荣加身，声誉日隆。

特拉克尔熟悉音乐，迷恋李斯特和肖邦，他的诗歌中也融进了音乐的旋律，这首题为《弦拉贝尔的音乐》的诗歌也具有很优美的音乐性。在诗里，诗人展现了幽晦而又柔和的死亡时刻，死亡带给人最后的安宁。整首诗可以看作是诗人特拉克尔所演奏的一支安魂曲。

眼睛，我曾在最后一刻的泪光中看见你

［英］艾略特
绿豆 译

穿越在界限之上

在死亡这畔的梦国里

黄金时代的景象再现

我看到了眼睛，但没有泪水

这是我的苦难

这就是我的苦难

眼睛，我不该再次见到你

目光坚毅的双眼

眼睛，我不该看见你，除非是

在死亡的另一王国的门口

那儿，正如这里

眼睛会持久一些

泪水也会持久一些

并将我们一起当成笑柄

艾略特（1888—1965），英国现代著名诗人，西方现代派文学思潮的奠基者。1920年，出版了其第一部诗歌评论集《圣林》。1921年，艾略特的妻子发疯，他精神几近崩溃，也就在这一年，他写出了长诗《荒原》的大部分。1922年，他创办著名的文学评论杂志《标准》，并担任了长达17年的主编，发表著名的长诗《荒原》。1927年，艾略特加入英国国籍。1932年，诗人和已疯的妻子分居。1934—1943年完成其后期的代表作《四首四重奏》。晚年的艾略特基本上沉迷于宗教，创作了大量的宗教诗。1948年，诗人因为对现代诗歌做出的开创性贡献而获得诺贝尔文学奖。

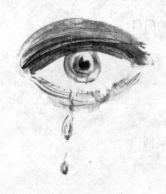

　　艾略特是后期象征主义的代表诗人，在诗歌中擅于使用联想、隐喻和暗示来进行思想与情感的表达，在这首诗中，艾略特选用了"眼睛"和"泪光"这两个意象来进行诗歌意义的建构。"眼睛，我曾在最后一刻的泪光中看见你"，在泪光中看见眼睛，这种造句是一种超逻辑的想象，令人难以索解，需要读者重复调动自己的联想。诗中说道："穿越在界限之上／在死亡这畔的梦国里／黄金时代的景象再现／我看到了眼睛，但没有泪水／这是我的苦难。"通过这些诗句，我们大约可以体察到诗人是在对生存与死亡进行一种哲理化的思辨，也是在对自我的心灵与生命感受进行隐喻。

教我如何不想她 　　　　刘半农

天上飘着些微云，

地上吹着些微风。

啊！

微风吹动了我头发，

教我如何不想她？

月光恋爱着海洋，

海洋恋爱着月光。

啊！

这般蜜也似的银夜，

教我如何不想她？

水面落花慢慢流，

水底鱼儿慢慢游。

啊！

燕子你说些什么话?

教我如何不想她?

枯树在冷风里摇,

野火在暮色中烧。

啊!

西天还有些儿残霞,

教我如何不想她?

刘半农（1891—1934），江苏江阴人，中国新文化运动的健将。出身贫苦，上中学时因向往辛亥革命而辍学参军，后到上海做编辑工作。1918年和钱玄同合作演双簧戏，争辩关于白话文的问题，有力地推进了白话文运动。1926年主编《世界日报》副刊，并任中法大学国文系主任。同年，诗人将自己多年来在诗歌创作上的成果结集出版，分别是《瓦釜集》（诗集中对民歌形式的利用做了有益的探索）、《扬鞭集》。

　　这首诗作于 1920 年诗人留学欧洲期间。也许是情人不在身边，也许是对祖国的想念，伴着那景色，诗人唱出了心底潜藏的最纯真的爱和热切的思念之情。诗名开始时叫作《情歌》，不久诗人将名字改成《教我如何不想她》。

　　刘半农的诗歌代表了中国新诗早期的风格，他也是早期新诗的作者中创作路子比较宽的一个。他一方面吸收歌谣的散体和外国诗歌的特点，另一方面继承了中国传统诗歌的特点和手法——重视意境的营造、比兴等。如这首诗中，每一段的开头渲染了不同的景色，以引起感情的抒发；每一段都营造了优美的诗歌意境，真实的景色引起人们无穷的想象。同时，诗人采用了西方抒情诗的一些特点，反复吟唱，用生活中的白话来抒发心中强烈的感情。

梦与诗　　　　　　　胡适

都是平常经验，

都是平常影象，

偶然涌到梦中来，

变幻出多少新奇花样！

都是平常情感，

都是平常言语，

偶然碰着个诗人，

变幻出多少新奇诗句！

醉过才知酒浓，

爱过才知情重；——

你不能做我的诗，

正如我不能做你的梦。

胡适（1891—1962），安徽绩溪人，原名嗣穈，学名洪骍，字希疆，后改名适，字适之，1910年赴美留学，在康奈尔大学读农学，后改读文学，1914年到哥伦比亚大学攻读哲学，师从哲学家杜威，1917年取得博士学位后回国，任北京大学教授，并参加《新青年》的编辑工作，积极提倡白话文，并且广泛尝试多种体裁的新文学创作，成为新文化运动的领军人物。1920年，胡适创作的《尝试集》出版，这是中国第一部白话新诗集，其中的诗作显示了新诗萌生时期从旧诗中脱胎、蜕变、成长的艰难过程，艺术上远不成熟，但是具有重要的文学史价值。

最初的愿望小曲 ［西班牙］洛尔迦

戴望舒 译

在鲜绿的清晨，

我愿意做一颗心。

一颗心。

在成熟的夜晚，

我愿意做一只黄莺。

一只黄莺。

（灵魂啊，

披上橙子的颜色。

灵魂啊，

披上爱情的颜色）

在活泼的清晨，

我愿意做我。

一颗心。

在沉寂的夜晚，

我愿意做我的声音。

一只黄莺。

灵魂啊，

披上橙子的颜色吧！

灵魂啊，

披上爱情的颜色吧！

洛尔迦（1898—1936），西班牙诗人和戏剧家，生于安达卢西亚地区格拉纳达的乡村，家庭富裕而和睦，因此童年生活给洛尔迦留下了田野牧歌般的美好记忆。洛尔迦的创作主题广泛，包括爱情、母性、友谊，以及暴力、死亡等，广阔地描绘了安达卢西亚的城市与风景和各色民众，有力地谴责了凶残的统治者所犯下的种种罪恶与暴行。在艺术上，他的诗歌形式多样，语言生动，想象丰富，广泛借鉴，博采众长，形成了独特的诗歌风格。洛尔迦以其诗歌中所呈现的丰富的思想和优秀的艺术成就，为西班牙诗歌的发展与革新做出了重要贡献。

　　这首《最初的愿望小曲》风格热烈欢快，后三节在形式上模仿前三节，形成复沓式的乐章。洛尔迦精通音乐，他的诗歌也富于音乐感，适于吟咏和歌唱，这首诗歌也具有这一特点，适合通过大声朗诵来体验那种热烈的情感。"鲜绿的清晨""成熟的夜晚""橙子的颜色""爱情的颜色"，节奏鲜明，情绪饱满，一股来自乡野的清新之风吹进人的心田。

人 间　　　朱自清

那蓝褂儿，草鞋儿，

赤了腿，敞着胸的朋友

挑副空的箩担来了。

他远远地见着——

见了歧路中徬徨的我；

他亲亲热热地招呼，

"你到那里？"

我意外地听他，

迫切地答他时，

他殷勤地指点我；

他有黑而干燥的面庞，

灰色凝滞的眼光，

和那天然的粗涩的声调。

从这些里，

我接触着他纯白的真心。

但是，我们并不曾相识。

她穿的紫袄儿，

系的黑裙儿，

走在她母亲后面。

她伶俐的身材，

停匀的脚步，

和那白色的脸儿，

端庄，沉静，又和蔼的，

她庄严的脸儿：

在我车子过时，

一闪地都收入我眼底。

那时她用融融的眼波

随意地看我；

我回过头时，

她还在看我：——

真的，她再三看我。

从她双眼里，

我接触着她烂漫的真心。

但是我们并不曾相识。

朱自清（1898—1948），原名自华，字佩弦，号实秋，是中国著名的诗人和杰出的散文家。他早年倡导写作新诗，1923 年发表近 300 行的抒情长诗《毁灭》。之后创作的《桨声灯影里的秦淮河》被誉为"白话美文的模范"。朱自清早期的散文集有《背影》《踪迹》等。1946 年，朱自清到北平任清华大学中文系主任。1948 年，朱自清拒领美援面粉，在胃病中辞世。

我是少年　　　郑振铎

一

我是少年！我是少年！

我有如炬的眼，

我有思想召唤泉。

我有牺牲的精神，

我有自由不可捐。

我过不惯偶像似的流年，

我看不惯奴隶的苟安。

我起！我起！

我欲打破一切的威权。

二

我是少年！我是少年！

我有愤腾的热血和活泼进取的气象。

我欲进前！进前！进前！

我有同胞的情感，

我有博爱的心田。

我看见前面的光明，

我欲驶破浪的大船，

满载可怜的同胞，

进前！进前！进前！

不管它浊浪排空，狂飙肆虐，

我只向光明的所在，

进前！进前！进前！

郑振铎（1898—1958），现代作家、文学评论家、文学史家、考古学家。字西谛，笔名有落雪、CT、郭源新等。原籍福建省福州市长乐区，生于浙江省永嘉县。1917 年入北京铁路管理学校学习，五四运动爆发后，曾作为学生代表参加社会活动，并和瞿秋白等人创办《新社会》杂志。1920 年 11 月，与沈雁冰、叶绍钧等人发起成立文学研究会，并主编文学研究会机关刊物《文学周刊》，编辑出版了《文学研究会丛书》。1923 年 1 月，接替沈雁冰主编《小说月报》，倡导写实主义的"为人生"的文学，提出"血与泪"的文学主张。曾任全国文联福利部部长、全国文协研究部长、中央文化部文物局局长、考古研究所所长、文化部副部长等职。1958 年 10 月 18 日，在率中国文化代表团出国访问途中，因飞机失事遇难。

　　《我是少年》是郑振铎早期的一首慷慨激昂，充满激情和活力的诗，像一部进行曲。虽然说作为一首诗歌显得过于直白，形式上比较粗糙，没有巧妙的构思和多么华丽的修饰，但它的价值恰好在这粗糙的气势上，充满了一往无前、青春进取的热烈精神。

秋的味　　　　李广田

谁曾嗅到了秋的味,

坐在破幔子的窗下,

从远方的池沼里,

水滨腐了的落叶的——

从深深的森林里,

枯枝上熟了的木莓的——

被凉风送来了

秋的气息?

这气息

把我的旧梦醺醒了,

梦是这样迷离的,

像此刻的秋云似——

从窗上望出,

被西风吹来,

又被风吹去。

李广田（1906—1968），原名锡爵，号洗岑，1923 年进入济南山东第一师范学校，曾因宣传进步文学而被捕入狱。1936 年与卞之琳、何其芳共同出版新诗集《汉园集》，并且先后创作了散文《画廊集》《银狐集》和《雀蓑集》，抗战期间又以流亡生活为题材创作了散文《西行记》，他是中国现代优秀的散文作家之一。

　　李广田的诗歌，飘荡着质朴的气息和泥土的芬芳，诗风朴素、恬淡，浅声微吟中含着一种感伤的韵味，同时又不乏醇厚的品质。在这首以秋为题材的诗中，诗人并未像其他诗作那样多以视觉形象来描摹秋色，而是以一种特别的角度来捕捉这"秋的味"。"腐了的落叶""熟了的木莓"，一个"腐"字，一个"熟"字，便将这秋的气息渲染得足够。

妹妹你是水　　　　　应修人

妹妹你是水——

你是清溪里的水。

　　无愁的镇日流，

　　率真地长是笑，

　　自然地引我忘了归路了。

妹妹你是水——

你是温泉里的水。

　　我底心儿他尽是爱游泳，

　　我想捞回来，

　　烫得我手心痛。

妹妹你是水——

你是荷塘里的水。

　　借荷叶做船儿，

　　借荷梗做篙儿，

　　妹妹我要到荷花深处来！

  应修人（1900—1933），浙江省慈溪市人。作为五四运动后新文学勃兴时期"最早露出头角的青年诗人之一"。由他倡议成立的湖畔诗社，由他编辑并自费出版的《湖畔》和《春的歌集》，成了当时生机勃勃的新诗运动中一支突起的新军，在中国诗歌史上成为一个卓越的存在。到1924年，在沈雁冰、瞿秋白的影响下，应修人的诗风大变，他的作品从空想转变到现实中来，如《灰黑的手帕》《陨星》等。

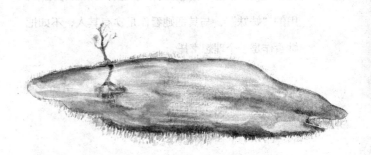

　　1923 年中秋，应修人和朋友游吴淞，结识了爱读他的诗歌并已经通过信的两位女友，其中一位湘芩姑娘后来给应修人写信，令他觉得"这样满是诗情的信，是第一回接到。伊称我修姐姐，自居为'小妹妹'"。应修人对她极为倾心，但自觉"尘污于心"，似未与她进一步发展感情；几天后，他就答应了为家乡桃仙姑娘来说媒的姨妈，而和桃仙"敲定"了。我们虽不能断言这个小妹妹就是《妹妹你是水》里的"妹妹"，但可以肯定，此时应修人的大胆至多是停留在感情生活上的，行动上仍然是"发乎情，止乎礼"，不会"从心所欲"。这样《妹妹你是水》里的"妹妹"，与其把她看作是实有其人，不如把她看作是一个理想寄托。

妆　台　　　　　废名

因为梦里梦见我是个镜子，

沉到海里他将也是个镜子，

一位女郎拾去，

她将放上她的妆台。

因为此地是妆台，

不可有悲哀。

為你讀詩

废名（1901-1967），原名冯文炳，20世纪中国文学史上最有影响力的文学家之一，曾为语丝社成员，在文学史上被视为"京派文学"的鼻祖。废名的小说以"散文化"闻名，他的创作将六朝文、唐诗、宋词以及现代派等观念熔于一炉，并加以实践，文辞简约幽深，兼具平淡和奇僻之美。

十二月十九夜　　　废名

深夜一枝灯，

若高山流水，

有身外之海。

星之空是鸟林，

是花，是鱼，

是天上的梦，

海是夜的镜子。

思想是一个美人，

是家，

是日，

是月，

是灯，

是炉火，

炉火是墙上的树影，

是冬夜的声音。

　　冬天的深夜，默坐于书房，面对一盏孤灯，眼前仿佛出现高山、流水，寂静的四野像大海一样包围着他。他想象夜空闪烁的明星，给他梦幻的感觉。而漫天的星斗倒映在海上，大海仿佛是夜的镜子。而跃动的炉火在墙上留下影子，仿佛树影，又仿佛冬夜的声音。

这悠悠相思我与谁弹　　石评梅

酒尽烛残长夜已将完

我咽泪无语望着狼藉杯盘

再相会如这披肝沥胆知何年

只恐怕这是最后的盘桓

只恐怕这是最后的盘桓

冰天雪地中你知人生行路难

不要留恋不要哀叹不要泪潸潸

前途崎岖愿你强加餐

前途崎岖愿你强加餐

谁知道天付给你的命运是平坦艰险

晨光下脱下你血泪的长衫

挥剑斩断了烦恼的爱恋

挥剑斩断了烦恼的爱恋

你去吧乘着晨星寥落霜雪凄漫

几次我从泪帘偷看你憔悴的容颜

多少话要说千绪万端

多少话要说千绪万端

你如有嘱咐叮咛告我勿再迟缓

汽笛声中天南地北海滨隔重山

这悠悠相思我与谁谈？

石评梅（1902-1928），中国近现代女作家、革命活动家，民国才女。原名汝璧，因爱慕梅花之俏丽坚贞，自取笔名石评梅。曾用笔名评梅女士、波微、漱雪、冰华、心珠、梦黛、林娜等。1919年在北京女子高等师范学校就读时即热心于文学创作，1923年9月在《晨报副刊》连载长篇游记《模糊的余影》，1924年与挚友陆晶清编辑《京报副刊·妇女周刊》，1926年，继续与陆晶清合编《世界日报副刊·蔷薇周刊》，1928年9月30日因病逝世。

石评梅一生中，创作了大量诗歌、散文、游记、小说，尤以诗歌见长。她去世后，其作品曾由庐隐、陆晶清等友人编辑成《涛语》《偶然草》两个集子。

紫罗兰

石评梅

当她在我面前低着头，匆匆走过去的时候，

她的心弦鼓荡着我的心弦，

牵引着我的足踵儿，

到了紫罗兰的面前。

花上的蝶儿，猛吃一惊，嗔人扰她甜蜜的睡眠；

但是花儿很愉快的娜袅舞蹈着，

展开她一摺一摺的笑靥。

我想她心腔中，怀着什么疑团？

脑海里荡漾着什么波澜？

但是她准痴立着笑而不答！

当我无意中又遇着她的时候，

看到她的手里拿着鲜烂的花球，

衬着她玫瑰似的颊儿，乌云般的发儿，

水漾漾漆黑的眼珠儿，满溢着无穷的话头。

鸟儿的音韵好像她抑扬的歌声；

花儿的丰姿，不如她自然活泼的娉婷。

现着一点笑，

隐着一点愁。

她半喜半怨的倚着那紫罗兰不动。

人的痴心呵！

她恐怕旁人摘她的花。

朋友呵！假如你脑海里镌深了她，

你随时能发现一朵灿烂的花，

又何必怕旁人摘她？

车轮和我的心轮一样，相扭着旋转；

我的心却在紫罗兰前。

小鸟笑着说：

朋友呵！

沉寂里耐着点吧！

不要把血和泪，

染在花瓣上，

使她永镌着心痛；

忘不了你的怅惘沉闷！

采莲曲　　　朱湘

小船呀轻飘，

杨柳呀风里颠摇；

荷叶呀翠盖，

荷花呀人样娇娆。

日落，

微波，

金丝闪动过小河。

左行

右撑，

莲舟上扬起歌声。

菡萏呀半开，

蜂蝶呀不许轻来，

绿水呀相伴，

清净呀不染尘埃。

溪间，

采莲，

水珠滑走过荷钱。

拍紧

拍轻，

桨声应答着歌声。

藕心呀丝长，

羞涩呀水底深藏；

不见呀蚕茧，

丝多呀蛹裹中央？

溪头，

采藕，

女郎要采又夷犹。

波沉

波升，

波上抑扬着歌声。

莲蓬呀子多：

两岸呀榴树婆娑，

喜鹊呀喧噪，

榴花呀落上新罗。

溪中，

采莲，

耳鬓边晕着微红。

风定

风生，

风飔荡漾着歌声。

升了呀月钩，

明了呀织女牵牛；

薄雾呀拂水，

凉风呀飘去莲舟。

花芳，

衣香，

消溶入一片苍茫；

时静

时闻，

虚空里袅着歌音。

朱湘（1904—1933），字子沅，生于湖南沅陵。1919年秋，考上清华学校（旧制），插入中等科四年级。1921年开始创作新诗，初期作品收入诗集《夏天》。1926年，徐志摩创办了《晨报副刊·诗镌》，朱湘参加编撰，是新月派重要诗人之一。1927年诗人出版了第二个集子《草莽集》，被沈从文称为"明丽而不纤细"。同年8月赴美，选修拉丁文和英文，并译诗。1929年回国，在安徽大学任外国文学系主任。后因学校改组，他没有接到聘书，自此，南北奔波，辗转于北平、上海、长沙等地，一直没有稳定的职业。终因生活困顿、愤懑绝望，1933年12月4日，在去南京的客轮上自沉于采石矶。

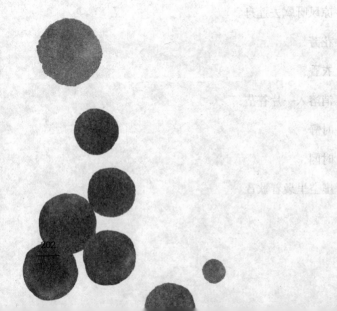

　　把新月派"理性节制感情"的美学原则加以认真贯彻的朱湘，在他的大多数诗篇中着意表现一种宁静的风格。那种"东方的静的美丽"差不多成了朱湘所崇拜的至上的诗境。在这种超越了时空的美学风格的制约下，诗中的形象也成了富有古典意味的形象，美得出奇，也静得出奇。

　　朱湘对中国古典诗词传统的大胆继承以及与之在精神气质上达到的共鸣，可以说是影响他诗歌风格的一个重要因素。《采莲曲》的章节、字句、音节、节奏如此谐美和宛转，如此精致和考究，难怪有人说这首诗的格律是"词曲式的格律"。

葬 我　　　　朱湘

葬我在荷花池内，

耳边有水蚓拖声，

在绿荷叶的灯上

萤火虫时暗时明——

葬我在马缨花下，

永作着芬芳的梦——

葬我在泰山之巅，

风声呜咽过孤松——

不然，就烧我成灰，

投入泛滥的春江，

与落花一同漂去

无人知道的地方。

你是人间的四月天　　　　林徽因

我说你是人间的四月天；

笑响点亮了四面风；轻灵

在春的光艳中交舞着变。

你是四月早天里的云烟，

黄昏吹着风的软，星子在

无意中闪，细雨点洒在花前。

那轻，那娉婷，你是，鲜妍。

百花的冠冕你戴着，你是

天真，庄严，你是夜夜的月圆。

雪化后那片鹅黄，你像；新鲜

初放芽的绿，你是；柔嫩喜悦

水光浮动着你梦期待中白莲。

你是一树一树的花开，是燕

在梁间呢喃，——你是爱，是暖，

是希望，你是人间的四月天！

林徽因（1904—1955），中国著名作家、建筑学家。生于浙江杭州的一个书香世家。1928 年与梁思成在加拿大结婚，后回国任东北大学建筑系教授。1931 年到北平香山双清别墅养病，期间写下了大量的诗歌，不久到中国营造学社供职，经常随丈夫赴外地考察古建筑。中华人民共和国成立后参与国徽和人民英雄纪念碑的设计工作，先后任清华大学建筑系教授、北京市都市计划委员会委员兼工程师、建筑学会理事。1955 年 4 月病逝于北京。

　　四月，一年中的春天，是春天中的盛季。在这样的季节里，诗人要写下心中的爱，写下一季的心情。

　　世界带着点点的笑意，那轻轻的风声是它的倾诉、它的神韵。它是轻灵的，舞动着光艳的春天，千姿百态。在万物复苏的天地间，一切都在跃跃欲试地生长，浮动着氤氲的气息。在迷茫的天地间，云烟是复苏的景象。黄昏来临后，温凉的夜趁着这样的时机展示自己的妩媚。三两点星光有意无意地闪着，和花园里微微舞动的花朵对语，一如微风细雨中的景象：轻盈而柔美，多姿而带着鲜艳。圆月升起，天真而庄重地说着"你"的郑重和纯净。

笑

林徽因

笑的是她的眼睛，口唇，

和唇边浑圆的旋涡。

艳丽如同露珠，

朵朵的笑向

贝齿的闪光里躲。

那是笑——神的笑，美的笑；

水的映影，风的轻歌。

笑的是她惺忪的鬈发，

散乱的挨着她的耳朵。

轻软如同花影，

痒痒的甜蜜

涌进了你的心窝。

那是笑——诗的笑，画的笑：

云的留痕，浪的柔波。

雨 巷 　　戴望舒

撑着油纸伞，独自

彷徨在悠长，悠长

又寂寥的雨巷，

我希望逢着

一个丁香一样的

结着愁怨的姑娘。

她是有

丁香一样的颜色，

丁香一样的芬芳，

丁香一样的忧愁，

在雨中哀怨，

哀怨又彷徨；

她彷徨在这寂寥的雨巷

撑着油纸伞

像我一样，

像我一样地

默默彳亍着，

冷漠，凄清，又惆怅。

她默默地走近

走近，又投出

太息一般的眼光，

她飘过

像梦一般地，

像梦一般地凄婉迷茫。

像梦中飘过

一枝丁香地，

我身旁飘过这女郎；

她静默地远了，远了，

到了颓圮的篱墙，

走尽这雨巷。

在雨的哀曲里，

消了她的颜色，

散了她的芬芳，

消散了，甚至她的

太息般的眼光，

丁香般的惆怅。

撑着油纸伞，独自

彷徨在悠长，悠长

又寂寥的雨巷，

我希望飘过

一个丁香一样地

结着愁怨的姑娘。

戴望舒（1905—1950），原名戴丞，浙江省杭州市人，中国现代派象征主义诗人。幼年患有天花，容貌因此被毁。1928年发表诗歌《雨巷》震动文坛，获得"雨巷诗人"的美誉。抗战爆发后不久，诗人全家去了香港，诗人一边做抗日宣传工作，一边主编文学杂志。1941年被捕入狱，因此致病。1950年于北京逝世。有诗集《我的记忆》《望舒草》《灾难的岁月》及译著等留世。

《雨巷》写于 1927 年的夏天，是戴望舒的成名作，也是他的代表作。其时革命失败的阴云笼罩着中国大地，诗人只能在惶惶之中看着理想和现实的极端背离；当时，诗人居住在好友施蛰存的家中，他深爱着施的妹妹，却得不到对方任何的回应。压抑的外部环境和沉郁的内部心境的交互影响，使诗人唱出了中国现代诗歌的绝唱。

巷子大多在江南，长长的、曲折的，有说不尽的风情、道不尽的缠绵。江南的雨更美，柔柔的、迷蒙的，或带着淡漠的愁绪，或含有浓浓的温情。诗人在这样的雨巷中走着，独自"撑着油纸伞"，品味这雨、巷子和寂静带来的愁绪与感伤。

《雨巷》是中国诗歌史上的一个标志，标志中国现代派诗歌的成熟；是一个成功的实验，既很好地吸收了西方诗歌中成功把握和表达现代社会的手法技巧，又很巧妙地融入了中国古典诗歌的诗情画意。

烦　忧　　　　戴望舒

说是寂寞的秋的清愁，

说是辽远的海的相思。

假如有人问我的烦忧，

我不敢说出你的名字。

我不敢说出你的名字，

假如有人问我的烦忧。

说是辽远的海的相思，

说是寂寞的秋的清愁。

　　清秋是一个怀人的季节，大海寄寓着无尽的相思，读来已是使人伤怀，加上"寂寞"，加上"辽远"，便把诗人落寞无奈与欲罢不能的相思之情展示得更为深刻细致，一种"断肠人在天涯"的感觉便油然而生。

　　全诗八句两组，呈轴对称排列，形式整齐，音节和谐，这是作者深受中国传统文化格律诗影响的结果，前四句的押韵为后四句的复唱设置了先机，故读来十分上口，给人留下齿颊生香的愉悦之感。

黄鹤楼 （唐）崔颢

昔人已乘黄鹤去，此地空余黄鹤楼。

黄鹤一去不复返，白云千载空悠悠。

晴川历历汉阳树，芳草萋萋鹦鹉洲。

日暮乡关何处是，烟波江上使人愁。

崔颢（约714—754），汴州（今河南省开封市）人。唐开元十一年（723年）进士及第，官至太仆寺丞，天宝中为司勋员外郎。以才思敏捷著称，早年的诗流于浮艳，后来游历天下，视野大开，风格一变而为雄浑自然。《旧唐书·文苑传》将其与王昌龄、高适、孟浩然并提。现存诗仅四十余首。《全唐诗》存其诗一卷。

　　这首诗是吊古怀乡之佳作。诗人登临黄鹤楼，泛览眼前景物，即景生情，诗兴大作，脱口而出，写成了本诗。本诗既自然宏丽，又饶有风骨，成为历代所推崇的珍品。诗虽不协律，但音节嘹亮而不拗口。

　　仙人跨鹤，本属虚无，本诗却偏偏"以无作有"，写出了岁月不再、古人不见，白云苍狗，世事茫茫的高渺境界。

　　本诗在艺术手法上达到了炉火纯青的境界，历来被人们推为题黄鹤楼的绝唱。清朝著名诗人沈德潜在《唐诗别裁》中曾评价本诗说："意得象先，神行语外，纵笔写去，遂擅千古之奇。"可以说是至为精当。

海上的声音 方玮德

那一天我和她走海上过，
她给我一贯钥匙和一把锁，
她说：开你心上的门，
让我放进去一颗心！
"请你收存，
　请你收存。"

今天她叫我再开那扇门，
我的钥匙早丢掉在海滨。
成天我来海上找寻，
我听到云里的声音：
"要我的心，
　要我的心。"

方玮德（1908—1935），安徽省桐城市人，新月派后期有影响的青年诗人。1929 年在南京中央大学外文系读书时，就在《新月》《文艺》《诗刊》等刊物上发表诗作，受到闻一多、徐志摩的赞赏。大学毕业后，于 1933 年赴厦门集美学校任教，并从事创作和翻译。1934 年到北平，次年因患肺结核病去世。著有《玮德诗集》《秋夜荡歌》《丁香花诗集》等。

爱的思念和痛苦，是诗歌中常写常新的题目。这首诗不以意境取胜，而以巧思见长。诗中所写的"海""海滨""云里的声音"使得诗的情感得到虚化，避免过于直白。

隐居者 俞铭传

隐居者、常绿树
用荫影抚摸羊肠小径。
竹林里的弦丝居然断了
因为我曾经听到你的低语。

不禁想起你在青苔上
踏着雀跃的脚步，
我把身子变成一个圆规
吻着轻快的音符。

俞铭传，生平不详。20世纪30年代和40年代发表诗作。闻一多《现代诗钞》辑有其诗7首。其诗作兼有中国古典诗人的精神与现代西方诗人的情怀。

　　这首诗以明丽妍嫮的诗句，通过隐居者与常绿树的比对，刻画出了飘忽迷离的意境，从中渗透出孤独清高的意识。诗中着意显示意象的幻觉与音律的完美结合，体现了诗即音乐的象征主义诗歌的创作原则。

面朝大海，春暖花开

海子

从明天起，做一个幸福的人

喂马，劈柴，周游世界

从明天起，关心粮食和蔬菜

我有一所房子，面朝大海，春暖花开

从明天起，和每一个亲人通信

告诉他们我的幸福

那幸福的闪电告诉我的

我将告诉每一个人

给每一条河每一座山取一个温暖的名字

陌生人，我也为你祝福

愿你有一个灿烂的前程

愿你有情人终成眷属

愿你在尘世获得幸福

我只愿面朝大海，春暖花开

　　海子（1964—1989），原名查海生，1964 年 3 月生于安徽省怀宁县高河查湾。1979 年考入北京大学法律系，1983 年毕业后被分配至北京中国政法大学哲学教研室工作。1989 年 3 月 26 日卒于河北省秦皇岛市山海关区，年仅 25 岁。

在一个干燥净爽的午后，诗人走出了他长期蛰伏的书房。诗人那一直绷紧的精神突然融化了，融化在自然的世界，融化在尘世的幸福中。在那样的瞬间，诗人决定要做一个幸福的人，享受平凡的幸福。

诗歌以纯朴直白的诗句、清新明快的意象，描绘了一个浪漫、略带梦幻色彩的世界。诗人凭借自己在乡村生活的经验，提炼出优美的意象，描绘出一个质朴、单纯的世界。

图书在版编目 (CIP) 数据

为你读诗 / 梦华主编 . -- 北京 : 中国华侨出版社，
2019.11（2020.8 重印）

ISBN 978-7-5113-8043-2

Ⅰ . ①为… Ⅱ . ①梦… Ⅲ . ①诗集－中国 Ⅳ .
① I22

中国版本图书馆 CIP 数据核字（2019）第 191631 号

为你读诗

主　　编：梦　华

责任编辑：刘雪涛

封面设计：冬　凡

文字编辑：杨　君　黎　娜

美术编辑：吴秀侠

经　　销：新华书店

开　　本：880mm×1230mm　1/32　印张：7.5　字数：180 千字

印　　刷：三河市燕春印务有限公司

版　　次：2020 年 2 月第 1 版　　2021 年 9 月第 3 次印刷

书　　号：ISBN 978-7-5113-8043-2

定　　价：35.00 元

中国华侨出版社 北京市朝阳区西坝河东里 77 号楼底商 5 号 邮编：100028

法律顾问：陈鹰律师事务所

发 行 部：（010）88893001　　传　真：（010）62707370

网　　址：www.oveaschin.com　　E-mail：oveaschin@sina.com

如果发现印装质量问题，影响阅读，请与印刷厂联系调换。